FROHNAU – ENDSTATION !

DAS BUCH

Der Erzähler schildert Erlebnisse aus seiner Kindheit und Jugend in West-Berlin während der deutschen Teilung. Sechsjährig erlebt er den Bau der Berliner Mauer. Stacheldraht und Todesstreifen, die auch seinen Heimatort Frohnau dicht umschließen, sind Auslöser kindlicher Ängste und Phantasien. Überall stößt er auf Folgen der Teilung - in der S-Bahn, im Bus, am Gesundbrunnen, in der Wollankstraße, auf dem Bahnhof Friedrichstraße. Bei Verwandtenbesuchen und Reisen durch die DDR lernt er die Mauer aber auch von der anderen Seite kennen. Hinter jeder Biegung dieses jungen Lebens scheinen schicksalhafte Ereignisse und politische Absurditäten des geteilten Deutschland zu lauern, mit denen sich der Autor niemals abzufinden bereit war.

DER AUTOR

Michael Hertel wurde 1954 in Berlin (West) geboren. Er absolvierte eine Ausbildung zum Journalisten, übersiedelte 1987 nach Hamburg. Dort arbeitet er als freier Journalist und Autor. Hertel ist verheiratet und hat zwei Kinder.

MICHAEL HERTEL

FROHNAU – ENDSTATION !

Geschichten aus einer geteilten Welt

Bibliografische Information der Deutschen Bibliothek: Die Deutsche Bibliothek verzeichnet diese Publikation in der Deutschen Nationalbibliografie; detaillierte bibliografische Daten sind im Internet über http://dnb.ddb.de abrufbar.

Weitere Publikationen von Michael Hertel bei BoD:
- „Der Fürst vom Hubertussee" Roman, 2010
- „Geschichte Friedrichs des Großen",
  Romanartige Biografie
(Franz Kugler, Herausgeber: Michael Hertel) 2011

Gesetzt aus der Gentium
von Victor Gaultney
Herstellung und Verlag:
Books on Demand GmbH, Norderstedt
ISBN: 978-3-8482-0131-0

www.mhv-buecher.de
auch als eBook erhältlich

Aus dem Nebel der Erinnerung tauchte das Bild des Pionierparks in Ost-Berlin auf. Alle in der Eisenbahn schienen davon gewusst zu haben, nur ich nicht. Es muss auf einer der letzten Rückfahrten von der Oma in Bad Kösen gewesen sein, als eine etwas dickliche Frau mittleren Alters, die uns gegenüber saß, aus dem Abteilfenster zeigte und mir erklärte, dort hinten befände sich der Pionierpark. Was ein Park war, hatte ich schon gewusst. Aber was war ein Pionierpark? Ein Spielplatz? Ein großer Spielplatz? Es sei ein ganz großer Park nur für Kinder, erklärte die Frau. Nur Kinder dürften da rein. Und darin gäbe es sogar eine Pioniereisenbahn, der Betrieb von den Pionieren organisiert, die durch den Park führe, und mit der nur Kinder fahren dürften.

Ob ich denn auch damit fahren könnte?, wollte ich wissen.

„Bist Du denn ein Pionier?", entgegnete die Frau.

„Was ist denn ein Pionier?", fragte ich zurück.

„Der Pionier trägt ein weißes Hemd und ein blaues Halstuch. Bei uns sind alle Kinder Pioniere." Vielleicht waren das Kinder, die man im Westen Pfadfinder nannte?

„Was machen denn die Pioniere?"

„Sie spielen, lernen und kämpfen für Frieden und Sozialismus."

„Aber wir haben doch Frieden, und Sozialismus mit Vopos wollen wir nicht", antwortete ich und schaute trotzig meine Mutter an. Sie schwieg, aber ich glaubte, Stolz in ihrem Blick zu erkennen. Das zuvor gütige Lächeln der Frau gefror plötzlich, sie wandte sich ab und verstummte.

Die kahlen Bäume zogen gemächlich vorbei. Man sah überhaupt nichts von dem Pionierpark, geschweige denn einer Pioniereisenbahn. Ich stellte mir ein großes Tor zwischen den Bäumen vor, umrahmt von Fahnenstangen. Ein schmiedeeisernes Tor mit zwei Flügeln. Sie waren geschlossen. Links und rechts standen je ein Junge, der eine im blauem Hemd, der andere mit weißem Hemd und blauem Halstuch.

„Ich möchte zur Eisenbahn", sagte ich.

„Warum hast du deine Uniform nicht an?", fragte das Blauhemd. Der Junge groß, blond, das Haar akkurat gescheitelt, schaute mich mit stechenden Augen an.

„Ich habe keine Uniform", musste ich kleinlaut einräumen.

„Dann bist du wohl kein Pionier. Wo kommst du denn her?"

„Aus Frohnau."

„Wo liegt das?"

„In Berlin."

„Das kann nicht sein. Ich kenne Berlin, das ist unsere Hauptstadt. Aber von Frohnau habe ich noch nie gehört."

„In der Nähe von Frohnau gibt es noch Hermsdorf, Waidmannslust und Tegel."

„Ach so ist das: Du kommst aus Westberlin. Westler dürfen hier nicht rein. Hau ab, sonst hole ich die Volkspolizei."

Er sagte „Volkspolizei", nicht „Vopo".

Aus dem Hintergrund hörte man den schrillen Pfiff einer Dampflokomotive.

Friedrichstraße, Bahnsteig C, Jahrzehnte später: Mahlend rollender Stahl, listig zischende Druckluft, dumpf hallendes Schnarren, aufschreckend abruptes Türenklappen, hastig-hallend unverständliche Lautsprecherdurchsagen, hektisch rotierende Fallblattanzeiger, schiebende Massen schlängeln sich ohne erkennbare Abgrenzungen vorwärts, reißen an eingefahrenen Zügen Münder auf, während die ocker-roten Kästen, von Tausenden Nietenpickeln übersät, aufstöhnend zischen, als müssten sie von der Fahrt erschöpft verschnaufen. Während vorn die Münder verschlingen, wird hinten Nachschub von den Rolltreppen ausgespuckt.

Im Minutentakt nach Potsdam, Wartenberg, Flughafen Schönefeld, Wannsee, Ahrensfelde, Strausberg Nord, Charlottenburg. Der Blick hinüber über den mittleren Bahnsteig auf die Fernbahngleise mit gelegentlichen Regionalzughalten ist frei. Keine graue Metallwand zwischen den gleich tarnfarbenen eisernen Stützpfeilern dämpft Stimmen und Geräusche. Bahnsteig C liegt nicht mehr hinter dem hier einst sprichwörtlichen Eisernen Vorhang. Bahnsteig C ist wieder der Puls der Hauptstadt. Kein künstlicher Titel mehr Weiß auf Blau als Entfernungsangabe an Transitautobahnen. Kein Titel mehr, mit dem sie hausieren gehen müsste: *Berlinhauptstadtderddr* klang genauso echt wie der geschwätzig-unmaritime Frachter-Name *Fliegerkosmonautderddrsigmundjähn* oder die Heimatstadt, die ein Ungarn-Flüchtling in einem Interview des West-Fernsehens nannte: Auf die Reporter-Frage, woher er denn käme, antwortete der Mann nicht „aus Guben". Er sagte – im ganzen Satz, korrekt und schnarrend wie bei einer Meldung an den militärischen Vorgesetzten: „Ich komme aus *Wilhelpieckstadtguben*". Offensichtlich nur mit Mühe verkniff er sich das anschließende Hackenzusammenschlagen. Er hätte auch sagen können: Ich komme aus *Karlmarxdorfhardenberg*, genannt Marxwalde, aus der nun vergangenen Zeit, in der die Metallwand-Protagonisten zunächst ihren vermeintlichen Vorvätern und anschließend sich selbst Denkmäler setzten. Sie tarnten ihre geistige Onanie perfekt bis zur Austauschbarkeit, so an S- und U-Bahnstrecken der *Hauptstadt*: ein Albert Norden könnte getarnt neben einem fiktiven Joachim Elsterwerda stehen, ein Heinz Hoffmann neben dem UFA-Schauspieler Wilhelm Cottbus, des weiteren die SED-Größen Paul Verner, Otto Winzer, Bruno Leuschner, womöglich ein Adalbert Marzahn oder Dimitrij Wartenberg – war der vielleicht verdienter Antifa-Kämpfer des Spanischen Bürgerkriegs? Bei rechtzeitigem Ableben oder verstärkter politisch-semantischer Großzügigkeit hätte man auch noch die *Walterulbrichtstadtleipzig, Horstsindermannstadtdresden, Harrytischs-(heinrichs)-walde* oder (mit Oskars Vermittlung) *Erichhoneckerstadtneunkirchen* gründen können. Hatte Oskar nicht schon fleißig an einer derartigen Legende gearbeitet und mit gezieltem Feuer auf Salzgitter schleimige Vorleistung erbracht?

Eigentlich wäre nach diesem Muster auch *Karlmarxstadtchemnitz* korrekt gewesen. Aber der Trierer Kalle war weder in Neu-Hardenberg noch in Chemnitz sonderlich aktiv gewesen und die semantische Kreativität in den Anfangsjahren der DDR auch noch nicht so ausgefeilt.

Berlin jedenfalls besaß zwei Namen, je nach Standort vor oder hinter dem Stück Eisenmauer zwischen den Bahnsteigen C und B: *Berlinhauptstadtderddr* und *Selbstständigepolitischeeinheitwestberlin.* Auf Dauer wurde dieses Monstrum selbst den Wortschöpfern zu lang, so dass sie sich – mit ihresgleichen – auf das Kürzel Westberlin verständigten. Im Wortmonstrenerfinden war man hinter der Eisenmauer immer außerordentlich aktiv gewesen. Besonders gern dachte man in Genitiven, wie beim *Haus der Volkssolidarität* oder dem *Haus des Lehrers,* wo auch Nichtpädagogen für ebenso lächerliche wie krumme Beträge „Schnitzel Hawaii" bestellen konnten.

Kaum zu glauben, dass sich die geistigen Genitiv-Onanisten nach ihrem offiziellen Ende noch übertreffen ließen, als die US-Donation Kongresshalle in einen doppelten Genitiv verwandelt wurde - das *Haus der Kulturen der Welt.* Vielleicht eine Geste der (Volks)-Solidarität? Mit der Namensänderung hätte man das Gebäude eigentlich auch auf den Alexanderplatz versetzen müssen. Die Genitivler aber existieren weiter, nicht nur in der nunmehrigen wirklichen Hauptstadt. Der Genitivismus ist überall und bis heute präsent, auch wenn dessen eigentliche Erfinder längst auf dem Schutthaufen der Geschichte liegen, nachdem sie selbst für reichlich Schutt gesorgt hatten. Der Bogen spannt sich von Städten der *Bewe-*

gung, der *Reichsparteitage* und des *KdF-Wagens,* über das *Haus der Deutsch-Sowjetischen Freundschaft* bis zu eben jener ehemaligen Kongresshalle. Die Produkte der Genitivler findet man überall, ob in der Hauptstadt oder im verschlafenen Rügen-Zipfel Wiek, wo man frisch beschildert mit einer *Straße der DSF* etwas verschämt, aber nachdrücklich der einstigen Kampfgenossen gedenkt.

Als die Wortmonstrenerfinder noch an der Macht waren, stand zwischen Bahnsteig C und Bahnsteig B eine graue Metallwand. Es gab zwei Arten S-Bahnfahrer, zwei Arten Berliner, zwei Arten Deutsche, zwei Arten Weltbürger: diejenigen, die an Bahnsteig C ein- oder ausstiegen und diejenigen, die Bahnsteig B benutzen durften. Wobei die vom Bahnsteig B zeitweilig und auf Antrag auch mal die (nach Süden fehlende) Aussicht von Bahnsteig C genießen durften. Der umgekehrte Fall war in der Regel nicht vorgesehen. Geografisch gesehen wurde der Westler auf dem Bahnhof Friedrichstraße zum Südler (Bahnsteig B), der Ostler blieb auf Bahnsteig C auch in der Rolle des Nordlers eingeschlossen.

Ich gehörte zur Kategorie Bahnsteig B. Die hektischen Bahnsteigdurchsagen, die es auch damals gab, konnte man hinter der Metallwand nur als dumpfe Geräuschkulisse wahrnehmen, nicht aber verstehen. So blieben mir gängige geografische Begriffe wie Wartenberg, Ahrensfelde, Strausberg Nord oder Erkner lange fremd. Hinter der Wand musste es durchaus lebhaft zugehen. Auf unserer Seite war das Bahnhofsleben eher beschaulich, der mittlere Bahnsteig charakterisiert durch Kopfbahnhof-Verkehr bis an den Prellbock. Nicht nur politisch, auch bahnpersonaltechnisch schien ein gewisser Status der Exterritorialität zu herrschen. Wer mit dem einfahrenden Zug kam, konnte meist gefahrlos dem beliebten Hobby des Abspringens nachgehen. Noch während der Fahrt wurden die Türen aufgerissen. Lässig stellte man sich in den Rahmen, überblickte die Bahnsteigfrequenz und sprang locker ab, lief noch einige Meter parallel zum Zug, um schließlich elegant in den Treppenabgang einzubiegen: „Zur Grenzübergangsstelle und Nord-Süd-Bahn". Nur wenn der Bahnsteig voll war, was selten vorkam, verzichtete man besser auf sportliche Vorstellungen.

Die ocker-roten Züge kamen von Sonnenallee, Köllnische Heide, aus Staaken oder Spandau-West, endeten in scharfem Zischen, spuckten meist nur kleinere Gruppen aus und verstummten. Irgendwann kam dann der Zugführer in seiner verwaschen grau-blauen Reichsbahner-Uniform, an der nur das rötliche Mützenband farblich hervortrat, meist mit brauner Lederaktentasche in der Hand, gemütlich vom vorderen Ende des Zuges über den Bahnsteig geschlendert, betrat das hintere Lastenabteil und schloss die hellbraun-hölzerne Schiebetür zum Führerstand auf. Dann gab es ein erneutes Zischen der Druckluftbremse, die beiden gilblichen Spitzenlaternen verloschen in Zeitlupe und flammten rot wieder auf. Bug wurde Heck, Heck zum Bug.

An der neuen Front leierte der Zugführer das entsprechende Zielschild ins Sichtfenster. Es trat Stille ein. Lässig stellte ich mich in den Türrahmen, beobachtete Menschen, wie sie – nachdem sie den Zug erblickt hatten – plötzlich hastig mehrere Stufen auf einmal nehmend, die Treppen aus dem Untergrund hinauf hetzten. Diese Hast war meist unnötig. Wieder Stille. Aus dem Nichts näherten sich knarzend zwei paar schwarze Lederstiefel, in denen martialische Reiterhosen bewaffneter Grauuniformierter steckten. Im stählern-grauen Rang über dem Zug lehnte lässig eine Schiffchenmütze mit Kalaschnikow an der Brüstung seines Glaskastens. Dann plötzlich füllte die hallende Durchsage, einem Kommandoton ähnelnd, die Halle: „Nach Spandau-West einsteigen. Nach Spandau-West zurückbleiben".

Uniformierte und ocker-roten Züge standen am Anfang meiner kindlichen Erinnerungen. Ob gemeiner Soldat, Grenzschützer oder Polizist – das Synonym lautete in allen Fällen „Vopo". Vopos waren überall. Am Zaun mit Schäferhund und im tarngrauen Trabi-Cabrio, an Grenzübergängen, an Absperrgittern jeglicher Art, im Schalterhäuschen, das Gesicht hinter Spiegelglas tarnend, in der Eisenbahn mit umgehängter Stempeltasche vor dem Bauch: Vopos. Das Wort allein stand für Schrecken und Willkür, für Schlangestehen, mulmiges Gefühl im Magen. Es stand für serviles Kofferaufreißen und Gepäckdurchwühlen, es stand für zittrige Rentnerhände, für das Ausfüllen holzigen Löschpapiers. Es stand für die schneidende Frage: „Haben Sie noch Mark der Deutschen Notenbank dabei?" Bei „Ja", wurde einem die mit einem roten Kreuz getarnte Sammelbüchse unter die Nase gehalten: eine Spende für das Rote Kreuz der Deutschen Notenbank, später wohl das Rote Kreuz der Mark der DDR. Vopo stand für Reiterhosen und geschulterte Schnellfeuergewehre. Es stand für Big Brother unterm schmiedeisernen Bahnhofsdach. Es stand ganz profan für Ulbrichts Stacheldraht, von dem behauptet wurde, wir würden ihn durch S-Bahnfahrten finanzieren. Ja, ich kannte die Vopos. Für mich waren sie die semantische Umschreibung von Unmenschlichkeit, Kälte und Grauen.

Wenn wir zur Oma fuhren, waren sie allgegenwärtig. Stundenlanges Warten zwischen den pissgelben Kacheln der Grenzübergangsstelle auf dem Bahnhof

Friedrichstraße. Grauuniformierte, die auffälligerweise immer zu zweit patrouillierten mit ihren abstoßenden, breit auslaufenden, in quietschenden, knarrenden Lederstiefeln steckenden Reiterhosen. Solche Hosen hatte ich zuvor nur in düster-grauen Filmen gesehen mit knisterndem Ton und armreckenden Massen. Ich wusste nicht, dass „Vopo" offiziell für „Volkspolizei" stand. Das erfuhr ich erst später. An einer Vopo-Kaserne in Erfurt prangte ein altes, verrußtes Messingschild mit dem erhabenen Schriftzug „Deutsche Volkspolizei". Wir mussten uns anmelden. Irgendwann kehrte bürokratischer Fortschritt ein: Bei Kurzbesuchen durfte man sich dann gleichzeitig an- und wieder abmelden. Aber was hatten Vopos mit Deutschland zu tun?, fragte ich mich.

Ich war ein Gefangener – das Elternhaus, das weiße Schild mit den blau-weiß-roten Querstreifen, der Dschungel mit den dahinter vermuteten Gräben, die Brücke. Da sollte ich drunter durch gehen. Aber da fuhr diese Bahn, ocker-rot rumpelnd, hier schon auf direktem Wege zu den Vopos, scheinbar direkt aus der gehegten Idylle unter hohen Kiefern zwischen gepflegtem Goldregen, kurzgehaltenem Grün, von Zwergenkolonien flankiert hervorschießend und in das Land der unsichtbaren Bauern hinüberrasend, deren Felder hinter dem Zaun von Geisterhand bearbeitet waren. Oder direkt von dort kommend. Die Eisenbahnbrücke an der Neubrücker Straße ließ mich erstarren, nicht wegen der Vopos. Kam der Zug aus den Gärten geschossen, war er vor dem Erreichen der Brücke kaum zu hören, nur um dann mit donnerndem Getöse einzufallen. Kam die Bahn von den Vopos, dann hörte man nicht immer rechtzeitig ihr elektrisches Singen, das manchmal unvermittelt abbrach. Eine verlockende Sirenenstimme, die kein böses Donnern ahnen ließ. Man musste es kennen. Aber die Bahn kam schnell. Je höher das Singen, desto schneller kam sie. Mir schien das Singen nach Freude und Erleichterung zu klingen, den Vopos gerade entrinnen zu dürfen. Es schien, als würde sich die Bahn von jener Seite her kommend, ganz besonders beeilen. Die Geschwindigkeit, die Zeit vom Beginn des leisen Singens bis zum Brückendonner, war für mich nicht abzuschätzen. Junge Birken verdeckten die Sicht. Man sah den Zug erst im letzten Moment, bevor die akustische Faust unbarmherzig auf den blätternden, genieteten Stahl einschlug. Einen kurzen Moment lang sah man den schwarzen, scheinbar freudig schwingenden Kupplungspenis, dann den Kopf eines thronenden Mannes hinter dem Schiebefenster, die Stirn stolz über der vorbeifliegenden Welt, den graubraun ausgebleichten Vorhang, der wie ein Schal heftig im Zugwind um sich schlug und aus dem halb heruntergelassenen Fenster zu winken schien. Der Mann, wie er für den Bruchteil einer Sekunde, den Blick starr nach vorn gerichtet, an mir vorbeihuschte, war das kurios-seltsame Stillleben in einer Szene von rasender Geschwindigkeit. Ein kühner Reiter auf einem wilden, bockenden, tosenden, singenden, zischenden, schnaufenden Tier. Eine Puppe? Nie neigte der Mann seinen Kopf zur Seite, um mich anzuschauen. Er war eine Fata morgana, eine Illusion, gebieterisch in seiner plötzlich auftretenden

tenden Herrschaft, sanft in seinem wehenden, von Singen und leiser werdenden Trommelschlägen begleiteten Abgang.

„Wenn die Bahn vorbei ist, rennen wir durch", drängelte Norbert, der weniger Angst vor Bahn und Brücke zu haben schien. Die Strecke war eingleisig. Meine Mutter hatte erklärt, dass dort einst noch ein zweites Gleis gelegen hätte: „Die Russen haben es mitgenommen." Die Russen, das waren zunächst einmal welche, die Löcher in Putz schossen und Bahngleise heraus rissen. Und außerdem: Die Russen standen hinter den Vopos. Das erschien logisch: Wer so dreist war, die Bewegung der S-Bahn einzuschränken, konnte nur mit den gemeinen Vopos unter einer Decke stecken. Zu sehen bekam man die Russen höchst selten. Russen, so erfuhr ich, waren letztlich Primitive, die den Deutschen Fahrräder und Armbanduhren weggenommen und ihnen noch weit schlimmeres angetan hatten. Und natürlich die S-Bahngleise.

Das war nun mein Pech. Bei zwei Gleisen wäre die Bahn immer in gleichmäßigen Abständen gekommen – ich hätte den günstigsten Zeitpunkt für das Unterqueren der Brücke besser einschätzen können. Rechts kam nach wenigen hundert Metern der Bahnhof Frohnau, nach links ragte der Damm kilometerweit und schnurgerade ins Nichts. Ins Land der Omas, Vopos und Russen. Was war dort noch? Woher kam dieser Zug? Norbert hatte wohl nicht weiter darüber nachgedacht. Er war allein unter der Brücke hindurchgelaufen. Keine Bahn war gekommen. Norbert wartete auf der anderen Seite der Brücke. Als ich hinter Norbert herlaufen wollte, kam die Bahn. Und als sie vorüber war, war Norbert verschwunden. Später kam Norberts Mutter zur Brücke. In einem giftgrünen Renault Dauphin. Von meinem Problem mit der Brücke hatte sie nichts gewusst. Auch Norbert wurde gefunden. Er war nicht in den Kindergarten gegangen. Im Auto fuhren wir unter der Brücke hindurch, gerade als eine Bahn kam. Ich hörte den Zug kaum. Im Auto konnte nichts passieren. Künftig sollte ich den Umweg über die Bahnhofsbrücke zum Kindergarten gehen, beschloss meine Mutter.

Diese Bahn war ein Wesen mit zwei Gesichtern: dem drohenden, angsteinflößenden von der Brücke; und dem friedlichen, ermattet säuselnden im Bahnhof. Wenn sie stand, wenn man mit Leibeskräften an den bronzefarbenen, geschwungenen Türgriffen zog, um sich das Innere zu eröffnen. Es war nicht Angst, nicht nur Angst, was ich für diese Bahn empfand. Diese Bahn war für mich die Welt. Drohend, lasziv singend, angestrengt keuchend, friedlich säuselnd war sie kein Ding aus kaltem Stahl. Sie war ein Lebewesen, ein sehr wichtiges Wesen in meinem Leben in einer anderen Weise als Vater und Mutter. Ein Wesen, mit dem ich auf unkomplizierte Weise Zwiesprache halten konnte. Ein Wesen, das keine Anforderungen stellte, keine Befehle ausgab. Ein Wesen, in dem man träumen und entdecken konnte. Das würde so bleiben, solange ich lebte, dachte ich. Dieses Wesen zeigte mir die Welt, es zeigte große, schwarze Ungetüme, die mich erschrecken konnten, wenn sie ohne Vorwarnung an uns vorbei zischten. Die bisweilen aber auch als schlafend-dampfende Drachen am Wegesrand lagen, umhegt und umsorgt von kleinen Menschen mit Ölkännchen, hochgekrempelten Hemdsärmeln, verschmierte Lappen in den ebenso verschmierten kräftigen Händen, wenn sie sich vor kurios-monströsen roten Rädern verloren oder an stählernen Handläufen mühsam hoch hangelten. Häuser, Menschen, auch Autos, die nicht so wichtig waren – alles raste an uns vorbei, wenn ich auf einer ihrer hellen, hölzernen aber erstaunlicherweise nicht harten Bänke saß mit den plumpen schwarzen Heiztorpedos darunter, auf die die Erwachsenen im Winter gern ihre schmutzigen, von schmelzendem Schnee triefenden Stiefel stellten. Wir Kinder hatten dafür zu kurze Beine. Die Bilder flogen vorbei als stumme Miniaturwelt, keinen Laut von sich gebend hinter dem alles übertönenden Geräuschpegel aus Rumpeln und Rattern, Rucken und Knacken, Singen und Zischen; ein Geräuschpegel, der während der Fahrt wie hinter einem Nebelschleier auf rätselhafte Weise beinahe zu verschwinden schien. Nur plötzliche harte Querbeschleunigungen über kantige Weichen oder in engen Kurven konnte für kurze Momente meine Traumwelt stören und die Geräusche in den Vordergrund drängen. Eine Fahrt mit ihr – zumeist auf dem Damm – war wie eine Draufsicht auf eine Miniaturwelt, erfüllt von Erhabenheit, Überlegenheit und Macht: Seht nur, hier bin ich, ich komme zu euch, sehr schnell, niemand kann mich aufhalten, ich sehe alles und grüße euch im Vorbeifliegen huldvoll von oben herab.

Irgendwie war die Szenerie auf den ersten Blick immer gleich. Es schien so, als änderte sich die Welt entlang der Bahn nie. Der Baum, das Haus, ja selbst der Stein lagen immer dort, wo ich sie zurückgelassen hatte. Die Zeit blieb stehen. Nur das Unkraut hielt sich nicht an solch ehernes Gesetz. Wie zum Beweis zeigten Brandwände verwaschene Vorkriegsreklamen und Einschusslöcher. Die stammten von den Russen, wurde bisweilen von Erwachsenen behauptet oder einfach gedacht. Das Wiederkehren immer gleicher Bilder erzeugte Sucht. Die Sucht nach dieser geheimnisvollen und unnachahmlichen

Geräuschkulisse, nach Rucken und Schaukeln über ausgeschlagene Gleise und sanftem Wippen über Weichen, die Sucht nach gefährlicher Geschwindigkeit, die Sucht nach diesen immer gleichen Bildern. Spannung lag darin, genau hinzuschauen und mikroskopisch kleine Änderungen zu entdecken in dieser geschlossenen Welt. Hier dösten plötzlich ein paar abgetakelte Güterwagen vor sich hin. Dort war das Häuschen des Bahnhofsvorstehers frisch gestrichen, lag ein Haufen Kohlen zwischen den Gleisen, war ein Fenster in die Brüche gegangen, wartete eine bemerkenswert große Gruppe von Fahrgästen, lehnte sich der Weichensteller halsbrecherisch aus einem Stellwerksfenster, war eine bullige Lokomotive aufgefahren. Absolute Stille zwischen rauschhafter Fahrt: Das akkurat verlegte Kleinsteinpflaster der Bahnsteige, das wenig Widerhall findet von Sohlen und Absätzen. Aus den Ritzen quillt frisches Grün, weil es nicht durch Tritte kurzgehalten wird. Der Minutenzeiger der Bahnsteiguhr überwindet sich zum Sprung. In der Ferne vereinen sich Gleise scheinbar friedlich. Flirrende Hitze wabert über Gleisen hinter dem Bahnsteigende, die in die Endlosigkeit zu führen scheinen und die Szenerie in fatamorganische Wüsten verlegt. Vogelgezwitscher durchbricht Stille, bisweilen verscheucht von zuschlagenden Türen. Pappeln rauschen am Bahnhof Wilhelmsruh. Der Zugabfertiger betritt das Stillleben, schaut nach links, nach rechts, führt das Mikrophon an dem Mund: „Zug Adler nach Wannsee Türen schließen! Zug Adler nach Wannsee abfahren!" Es folgt das nicht lokalisierbare „Klipp-klapp" eines elektrischen

Türkontaktes als Achtungszeichen. Achtung Hochspannung! Der Lindwurm erwacht. Dann ein kurzes Zischen. Mit dumpfem Rollgeräusch setzen sich die Türen in Bewegung, um schließlich asynchron mit lautem Knallen die Hartgummiflanken ineinander zu schlagen.

Der Bahnhof Frohnau war für mich etwas überwältigend Großes, nicht nur der Haltepunkt eines kleinen Ortsteils. Das pagodenartige Dach, zweistufig weit ausladend wie die Zweige einer knorrigen Kiefer. Grauer Rauputz kontrastierend zu auffällig roten Dachziegeln. Das Innere hatte etwas von einem echten Bahnhof, wenn ich auch wusste, dass es kein richtiger Bahnhof war, mit richtigen Lokomotiven und Zügen, die zu exotisch entfernten Zielen fuhren. Ein Zeitungskiosk links am Eingang stemmte sich gegen die Außenmauer. Gegenüber erstreckte sich eine längliche Halle ohne Funktion, neogotische Bögen in Nikotingelb, das sich nach und nach in Nikotingrau verwandelte. Drei runde Löcher in grünlicher Holzwand, mit Pappe primitiv verschlossen, markierten Fahrkartenschalter, davor teilten schwere, schmiedeeiserne Gitter mit massiven hölzernen Läufen Warteschlangen, die es nicht gab. Dazwischen passend zwei Stehtische mit dicken Holzplatten auf ebenso schweren eisernen Dreibeinen. Scheinbar unzerstörbar. Hier konnten sich Wartende anlehnen, konnten schreiben, sich Zugverbindungen notieren. Wann hatte es diese Schlangen gegeben? An der gegenüberliegenden Wand prangte ein Fahrplan-Aushang der Deutschen Reichsbahn. Das Reichsbahngrün wirkte so flau, als sei es über Jahre vergilbt. Umso erstaunter war man, wenn man sich die gedruckten Informationen näher betrachtete: Es handelte sich um die aktuellen Abfahrts- und Ankunftszeiten für den Bahnhof Zoo.

Die Fahrkarten für die S-Bahn kaufte man an der „Wanne". Die stand, in ähnlich flauem Grün gehalten, am Fuße der langen und recht breiten Treppe. Die Wanne war das Häuschen des Fahrkartenverkäufers, hatte etwa die Form einer alten Straßenbahn, aus der der Mittelteil herausgeschnitten worden war. Hölzerne Pendeltüren gaben den Weg auf den dahinter liegenden, mit granitenem Kleinsteinpflaster belegten Bahnsteig frei.

Das Tor aus einer isolierten Welt – in die Stadt, die für mich am Gesundbrunnen begann. Dort drängte sich eine unüberschaubare Menge von Menschen auf nebeneinander liegenden Bahnsteigen. Unwillkürlich fasste ich die Hand meiner Mutter fester. Einmal hatte ich sie verloren, im düsteren Tunnel auf dem Nordbahnhof, wo sich eine noch größere Menschenmenge in klaustrophobischer Enge wie eine amorphe Masse ohne erkennbares Ziel hin- und herschob. Panik war in mir aufgestiegen. Ich schrie, konnte aber meine eigenen Schreie nicht hören. Eine gespenstische, unwirkliche Szene, deren Trauma ein schnelles Ende fand, als ich die Hand wieder spürte. Nie mehr sollte ich auf dem Nordbahnhof in ein solches Gedränge geraten. Nie mehr sollten sich auf dem Nordbahnhof solche Menschenmassen versammeln, denn „*Niemond hoddie Obsichd aine Maor dsu ärrichdn"*. Spätere Fahrten gaben die Erinnerung kaum frei. Hatte diese Szene überhaupt stattgefunden? War sie vielleicht nur Ausgeburt einer kindlich-panischen Phantasie gewesen? Hatte es dort jemals zu einer solchen Menschenansammlung kommen können? Neue, auf Sächsisch formulierte Gesetze sollten alles außer Kraft setzen, alles in Frage stellen – die Zeit, die Erinnerung, die kindliche Seele und selbst die Straßenverkehrsordnung.

Als die sächsischen Gesetze noch nicht galten, war Gesundbrunnen die Lebendigkeit der Stadt schlechthin. Mehr Stadt als das eigentliche Zentrum, fühlbar näher an der Vergangenheit, die ich als dumpf, geheimnisvoll und unergründlich empfand. Männer mit Reiterhosen mussten darin eine tragende Rolle gespielt haben. Das Grau bröckelnden Putzes musste die herrschende Farbe gewesen sein, tiefe Narben auf einst fein ziselierten Fassaden mit nikotingelben Gardinen hinter den Fenstern. Und auch die Russen hatten dort wieder mitgespielt, wie die Fassaden deutlich auswiesen. Männer mit breiten Hutkrempen, die altersschwache Bollerwagen hinter sich herzogen, alte Frauen in blassen Kostümen mit großen Handtaschen, hochbeinige düstere Autos, die stotternd-hochtönern zu beschleunigen suchten, bleich-gelbe Busse mit großen, rußig-schwarzen Schnauzen und im Leerlauf irre schwingenden Abweisern, die wie dirigierende Antennen fliegender Untertassen aus den Bulldoggengesichtern wuchsen; Braunkohlebrocken mit eingeschlossenen Glitzerstückchen, wie hingeworfen und für immer vergessen vor blechernen, verbeulten Kellerluken verteilt und Bürgersteige versperrend.

Gesundbrunnen war Anfang und Ende dieses Bildes, ein kleiner Ausschnitt davon, ein Guckkästchen nur, noch so grau und ehrlich im Gegensatz zur geleckten Moderne, die sich im Zentrum breit zu machen begann. Jenes eine Kulisse, für Besucher, nicht für den Berliner, der wusste, dass das nicht seine Stadt war, nicht die Wirklichkeit, nicht das ehrliche Gesicht der

Stadt und deshalb auch nicht eigentlich das Ihre sein konnte. Das Grau des Gesundbrunnens, die flachen Buden mit den selbstgezimmerten, gepinselten Spontanreklamen für eine Warenladung, die wie zufällig und ganz unerwartet irgendwo ausgespuckt worden war, die Teerpappendächer, die die ehrliche, schwarzlederne Haut dieses Wirtschaftswunder-Wanderzirkusses verkörperten, die verstreuten Ansammlungen getretener Kippen meist filterloser Zigaretten von Juno, Overstolz, Rot Händle und F6, das backsteinerne Bollwerksantlitz des Bahnhofs mit den ockergelben Ziegelbändern darin, das sich in seiner Farbigkeit und scheinbarer Solidität vom Grau des Gewimmels und den ganzen Provisorien abhob. Schon eher passten die gläsernen, gewächshausartigen Auf- und Verbindungsgänge mit ihren trüben Gläsern zu der Szenerie ambulanten Budenwesens, und sie würden demnächst noch inniger mit ihr verwachsen. Ich sollte bald entdecken, dass nicht nur die Verkaufsbuden in der Badstraße, sondern die Szene insgesamt nichts als ein großes Provisorium gewesen waren, ein Schauspiel, das ohne Ankündigung vom Spielplan abgesetzt wurde, ein Wanderzirkus, der weiter zog.

Aber wohin? Ich weigerte mich auch später, den Gesundbrunnen als bloße Filmkulisse zu betrachten, als Potemkinsches Dorf mit einem Wald von hölzernen Stützbalken auf der Rückseite. Nein, er war das ehrliche Gesicht dieser Stadt, vielleicht das ehrlichste. Und er würde auch nach Änderung des Spielplans noch lange diese Rolle spielen, nunmehr aber ohne

Publikum. Verklungen das marktschreierische Gehabe rotzender und spuckender Laiendarsteller, die hier eine tragende Rolle zu spielen schienen: „Hereinspaziert, hereinspaziert. Hier erleben Sie die Sensationen der Weltstadt. Wir machen aus Spielgeld Vermögen. Ostgeld für Westgeld, Westgeld für Ostgeld, alles bündelweise. Frische Ware vom *Gonnsumm,* Goldbroiler aus der HO, wässrige Butter von glücklichen Ostkühen zum Spottpreis; dazu kräftige Kerle für den Garten und sonstige Verrichtungen, billige Putzfrauen – hier gibt es wirklich alles." Dieses Budenwesen sollte ich später in einer anderen Welt wiederentdecken, überall, ins Extreme verfremdet und zum Superlativ, zur alleingültigen Vorlage erhoben. Windschiefes Gehölz in Einheitsgrau, wie hingerotzt an Stellen, wo man sie nicht erwarten würde, Vergessenes ohne Funktion. Alibiartig mit Rädern versehene Buden ohne Geschichte und Zukunft, aber doch für eine undefinierte Ewigkeit bestellt, keine Reifenabdrücke hinterlassend, tief wurzelnd, bar aller vorstellbarer Bewegung, Naturgesetze ignorierend und von Witterungen völlig unbeeindruckt. Keine schlichten Bauwerke sondern Teil eines ausgeklügelt-entwickelten Wesens, eines Systems, Macht und Allmacht darstellend mit der Funktion, alles Nichtgraue mit bösartigem „Ismus" zu verleumden. Das System des Budenwesens in dieser anderen Welt jenseits des Gesundbrunnens schien viel mehr als irgendein Beschluss irgendeines Parteitages dazu bestimmt, zu herrschen und zu beherrschen, zu drücken und zu bedrücken. Das Böse zeigte sich trivial. War das Budenwesen am Gesundbrunnen ein ganz offensichtlich organisches, gesundes und lebhaftes gewesen, ein vom Geiste und Aroma Erhard'scher Zigarren geprägt und durchdrungenes, so gab es in einem fremden, fernen Land ein System der unorganischen, leblos-geistlosen Art, das – wie ich später erkannte – vom gleichen Ursprung war, wie die aus groben Säcken ebenso grob in den Rinnstein gekotzten Braunkohlebrocken. Ein ideologisch verordnetes, in seiner Ungepflegtheit auf das Höchste gehegte Wesen, erklärt und gepriesen zu Weg und Ziel und zum äußersten Glück: Das organisierte Budenwesen als architektonisch-politische Kampfgruppe und Gegenstück zu Erhards Zigarrenläden am Gesundbrunnen. Die Raffinesse und – um es mit Heinz Florian Oertel auszudrücken – die Akkuratesse des Bösen ist seine Trivialität. Die Bude wird zum Palast. Der Palast wird zum Hort der Willensbildung. Die Große Halle des Volkes ist nicht nur groß, sie ist des Genitivs und des Volkes. Wir sehen Tausende hineinströmen, Rotbüchlein schwingend in den graublauen Tarnanzügen, die noch weniger blau sind als getragene Reichsbahnuniformen, hin zum großen Vorsitzenden, der Großes zu verkünden hat und lächelnd seine überdimensionalen Arme ausbreitet, als wolle er sagen: „Lasset die Kindlein zu mir kommen". Lächelnd wie im Land des Lächelns. Auf dem Platz des Himmlischen Friedens. Die Losungen in Rot sind so friedlich-lächelnd und lächelnd-friedlich wie aus dem Land des Lächelns: Führer befiehl, wir folgen dir. Der Osten ist rot. Von der Sowjetunion lernen, heißt siegen lernen. Was der VI. Parteitag beschloss, wird sein. Die Ostsee muss ein Meer des Friedens sein.

Wo werden sie überall initiativ-freiwillig angebracht – an den Eingängen der Volkseigenen Betriebe, an der verrußten Fassade des Bahnhofs von Ossmannstedt/Thüringen – gut sichtbar für jeden Reisenden auf der Transitstrecke; über der Tür zum urinsteinernen Pissoir im Yachthafen Warnemünde, wo die Ostsee zur Warnemünder Woche selbst bei Sturm ein Meer besonderen Friedens ist, wenn die ausgesuchten Profiamateure unter den geschulten Augen der Besatzungen tarngrauer Schnellboote die Medaillen abräumen dürfen. Dazu typisches Vokabular, strotzend vor „Isten", „Risten", „Schisten" und „Nisten". Nicht nur der Mörder mordet, nicht nur die Mauer, sondern auch die Systembude, der Schwarze Kanal, der Reisekatalog, der nur geschmuggelt seinen Empfänger erreicht, das fürsorglich begleitete Segeltraining, der Ismus, der Trabi und die straßenweiten Fensterhöhlen von Leipzig, Plau, Halle und anderswo.

Eines Tages stand das neue Wunderding im Wohnzimmer. Ein mühlsteinschwerer, dunkler hölzerner Kasten mit hellbraunen Füßen, schwarz gemasert, mit Klapptüren, hinter denen sich eine dicke Glasscheibe verbarg, die wie das überdimensionale Brillenglas eines extrem Kurzsichtigen wirkte. Die Klapptüren hatten ein eingelassenes Messingschloss, doch nach meiner Erinnerung war es nur wenige Wochen in Gebrauch. Das Wohnzimmer wurde nach dem Kasten neu ausgerichtet, Sofa, Sessel und Tisch umgruppiert, so dass man den Kasten in der finsteren Ecke neben dem Fenster von allen Sitzpositionen aus gut sehen konnte. Für mich war um acht „Feierabend", vorher aber durfte ich den niedlichen Spitzbart sehen, der jeden Tag pünktlich kam. Und am Sonnabend Nachmittag den anderen Spitzbart, der mit einem überdimensionierten Lineal musizierte. Eigentlich waren sie eher Zickenbärte als Spitzbärte, unterschieden sich auch sprachlich vom großen, echten Spitzbart: sie sächselten nicht.

Der Mann mit der karierten Hose hieß Eckart Friedrichson, erfuhr ich später aus einer Ausgabe des „Bummi". Darin war das Foto eines schmalgesichtigen lockigen Mannes kurz vor seiner Hochzeit abgebildet. Ohne Bart und karierte Hose war der Mann kaum wiederzuerkennen. Im Fernsehen stand ihm ein ältlicher Postbote zur Seite. Bei schlechtem Wetter trug der immer einen schweren dunklen Umhang. Er wirkte freundlich-brummig aber leicht unbeweglich. Von der blassgelben Ente „Schnatterinchen" und später auch dem kunstledernen Plaste-und-Elaste-

Kobold „Pittiplatsch" – in Klammern: der Liebe – wurde er als „Meister Briefmarke" bezeichnet und war eines Tages nicht mehr da. Er soll gestorben sein. So hieß es gerüchteweise. Aber woran war er gestorben? Weil er alt war? Waren ihm die Briefmarken ausgegangen, oder hatte er die falschen gesammelt? Waren die Vopos bei ihm gewesen? Alles war möglich, das wusste ich. Keine Phantasie war böse genug für das reale Ende von „Meister Briefmarke", und ich war sicher: Die Vopos steckten dahinter. Ich wusste, dass man nicht alles glauben durfte, was im Fernsehen gesagt wurde. Das galt natürlich nur für das Ost-Fernsehen. Ich durfte es trotzdem sehen. Aber ich sollte nicht darüber sprechen. Eines Tages, als sich der Klassenlehrer verspätete, spielte ich vor der Tafel das Lied vom Meister Nadelöhr vor. Ein übergroßes Lineal, das zur üblichen Schulausstattung gehörte und seinen festen Platz auf der Tafelablage hatte, diente mir als Elle. Offensichtlich kannten nicht alle Mitschüler die Sendung. Genau wusste ich nur von wenigen, dass sie Meister Nadelöhr sehen durften. Andere hatten noch gar keinen Fernseher. „Ich komme aus dem Märchenland, schnibbel-die-schnabbel die Scher', bin allen Kindern wohlbekannt und reise weit umher – schrummschrumm. Die schönsten Märchen kenne ich, und alle, alle Kinder freuen sich auf schnibbel-die-schnabbel-die-Scher', den Meister Nadelöhr".

Der Klassenlehrer kam unvermittelt herein und stellte mich zur Rede. Es wurde ein peinliches Verhör. Dem Lehrer war nicht klar zu machen, dass es sich doch um eine Kindersendung handelte, und dass meine Mutter mir sehr wohl erklärt hatte, wie böse der Osten im Allgemeinen und der echte Spitzbart im besonderen waren. Aber die Kindersendungen seien gut, besser als im Westfernsehen, gab ich die Worte der Mutter wieder. Der Lehrer machte daraufhin einen etwas beruhigteren Eindruck, zeigte aber weiterhin eine leicht bedenkliche Miene. Vermutlich kannte er die Sendung gar nicht. Wahrscheinlich sprach er später mit meiner Mutter. Das Thema wurde mir gegenüber nie wieder erwähnt, weder zu Hause noch in der Klasse. Vor diesem Ereignis in der Schule hatte der echte Spitzbart, der tischlernde Schneidersohn, seine Macht ausgespielt. Ich wusste nun ganz sicher, dass der Spitzbart mit der großen Elle keinesfalls ein Sohn oder ein sonstiger Verwandter des sächselnden Spitzbarts sein konnte. Der hatte die Gleise der S-Bahn zwischen Frohnau und Hohen Neuendorf blockiert, hatte dafür gesorgt, dass die Züge an der Bornholmer Straße, am Nordbahnhof und an der Oranienburger Straße mit wahnwitzigem Tempo durchfuhren, so dass selbst die in den Tunnelstationen postierten Vopos mit den bösen Hosen und geschulterten Waffen respektvollen Abstand zur Bahnsteigkante hielten. Der Spitzbart hatte dafür gesorgt, dass der Gesundbrunnen von einem Tag auf den anderen leergefegt wurde. Keine schiebenden Massen mehr auf den Bahnsteigen, kein geschäftiges Treiben mehr auf der Badstraße, kein Anstehen mehr in und vor den Geschäften. Geisterbahnhöfe, Geisterstraßen, Geisterkaufhaus, Geisterbahn. *„Niemond hoddie Obsichd aine Maor dsu ärrichdn"*, hatte er gesagt.

Niemand, der diesen Satz nicht kannte. Jetzt spätestens wusste ich, wussten alle, was viele schon immer behauptet hatten: dass er böse war, das Böse schlechthin. Niemand zweifelte mehr, auch diejenigen nicht, die bei ihm das billige Brot, den Kuchen, das Fleisch und die wässrige Butter gekauft hatten. Was nutzte es, dem Spitzbart seine eigenen Worte auf riesigen Plakaten über die *Maor* hinweg entgegen zu halten. Wahrscheinlich schaute er sich diese Schilder nicht an. Ob sie ihm peinlich gewesen wären? Noch immer wusste ich nicht, warum der Spitzbart eigentlich Spitzbart hieß. Denn bei genauer Betrachtung war sein Bart eher rund, wie ich nicht zuletzt auf den roten, grünen, blauen und grauen Briefmarken sehen konnte, die ich nach wie vor sammelte.

Mich störte die Mauer nicht. Zwei Dinge machten mich froh. Ich musste nie wieder zum Friseur in der Wollankstraße, bei dem der Kinderschnitt fünfzig Pfennige Ost gekostet hatte – in Frohnau schon damals zwei D-Mark. Sie hatten mir in Abwesenheit meiner Mutter fette, klebrige Pomade mit Veilchenduft ins Haar geschmiert, und als meine Mutter in den Friseursalon zurückkam, um mich abzuholen, lachte sie mich mit den Worten aus: „Du stinkst wie ein Wiedehopf." Ich wusste gar nicht, was ein Wiedehopf war und daher eigentlich auch nicht, wie dieser stank. Aber seit dem Friseurbesuch in der Wollankstraße – nach links unter der Bahnhofsbrücke hindurch – glaubte ich eine Ahnung davon zu haben, wie ein Wiedehopf stank. Diese Friseurbesuche würde es nicht mehr geben, aus einem einfachen Grund: Man konnte den Bahnhof nicht mehr durch den linken Ausgang verlassen. Er war geschlossen. Zunächst hatte man nur die grün-hölzernen Türen verrammelt. Später wurde das morbide Holz durch grobe Mauersteine ersetzt. Und man konnte auch nicht rechts aus dem S-Bahnhof hinausgehen, um dann links um das Gebäude herum unter der Brücke hindurch zu laufen. Denn direkt unter der Brücke, noch auf den alten, in das Pflaster eingelassenen Straßenbahnschienen, waren quer über die Fahrbahn die Stacheldrahtrollen gespannt, ergänzt durch bizarr sich kreuzende, massive Eisenstangen. Dahinter wuchs Tag für Tag die Mauer. Dutzende von Menschen waren beschäftigt, das Bauwerk hochzuziehen. Zwischen den Maurern standen die mit den Reiterhosen, die Waffen nun nicht mehr geschultert sondern in eine Achselhöhle geklemmt oder vor dem Bauch baumelnd, die Mündungen nach unten haltend, lässig wie eine Zigarette im Mundwinkel, dazu die schief auf dem Kopf und halb in den Nacken geschobenen grauen Schiffchenmützen – worin sie sich für mich von „normalen" Vopos unterschieden. Eine verkrampfte Lässigkeit schien von der Szenerie auszugehen, als sei alles nur ein nebulöser Traum, in Wirklichkeit gar nicht vorhanden oder das Selbstverständlichste von der Welt:

„He, was machen Sie denn da?"

„Meinen Sie uns? Na, das sehen Sie doch: wir mauern."

„Was mauern Sie da?"

„Na, eine Mauer, natürlich!"

„Mitten über die Straße?"

„Nicht weiter von Bedeutung – das wird jetzt eben eine Sackgasse."

„Und wozu brauchen Sie dafür das Schnellfeuergewehr?"

„Blöde Frage: Damit uns der Klassenfeind nicht dazwischenfunken kann. Klappe zu, Affe tot, eben."

„Woher wissen Sie denn das?"

„Na, das haben uns die Genossen Walter und Karl-Eduard so erklärt." Alles sollte lässig und selbstverständlich wirken. Die Kontrollen, der Stacheldraht, die Mauer, die Kalaschnikows, der Sozialismus.

Jeden Tag wuchs das merkwürdige Gebilde in Länge und Höhe. Auf der Westseite standen zunächst immer Neugierige, die den Baufortschritt verfolgten, ab und zu die Fäuste ballten und Schmähungen gegen Maurer und Reiterhosen skandierten. Aber das störte wenig. Man war zu beschäftigt mit den Sackgassen. Bald war das Gebilde über Augenhöhe gewachsen. Man konnte nicht mehr verfolgen, was sich hinter der Mauer tat. Man konnte den weiteren Verlauf der Wollankstraße nicht mehr sehen. Man konnte die Straßenbahn nicht mehr sehen, die kurz vor der Brücke ihre schon vor dem Mauerbau verordnete Endhaltestelle ansteuerte, man konnte nicht mehr sehen, wie die Menschen ausstiegen, wie sie sich, von den Reiterhosen wortlos angetrieben, ängstlich und schnell auf den Bürgersteigen den Weg in die Hauseingänge bahnten. Neugierige wurden hinter der Mauer nicht geduldet. Die Menschen auf unserer Seite der Straße sahen nur noch, wie Mörtel fett unter den neu aufgestapelten Steinen hervorquoll und klatschend auf die Fahrbahn kleckerte. Ab und zu sah man Köpfe über die Mauer lugen, grobe Hände hantieren, Handschuhe, die Stacheldraht auf der Krone spannten, und bald war Ruhe. Wenig Bewegung mehr auf der anderen Seite. Nur das Gebimmel der Straßenbahn war gelegentlich noch zu hören. Einzelne Trabis prusteten hektisch um Straßenecken.

Auch auf der westlichen Seite war das ständige Rauschen des Autoverkehrs akustischen Inseln gewichen, die den einzelnen Erzeugern individuell zugeordnet werden konnten. Ein Quartier schien sich plötzlich mitten im Sommer in den Winterschlaf zu legen. Ganz still wurde es dort, wo doch eigentlich Stadt war, der Wedding war, der rote Wedding. Vielleicht aber war dort nicht Wedding sondern das Schloss von Dornröschen, vielleicht würden die Pflanzen nun anfangen zu wachsen, würde die Straße, die eben noch von Fußgängern nur hastend zwischen schnellen Autos hatte überquert werden können, würden die Häuser mit ihren schmutzigen Fassaden erst langsam, dann immer schneller überwuchert von dornigem Gestrüpp.

Es gab nur noch einen Zweifel, der zum Trost wurde. Direkt in die unheimliche Dornröschen-Stille polterte noch immer im präzisen Fahrplantakt die ocker-rote Bahn, wenn sie von Süden her kommend über die rostige Brücke der Wollankstraße raste oder von Norden düster brummend Fahrt aufnahm. Stolz thronte sie auf ihrem Backstein-Viadukt über der Mauer mit UN-Beobachterstatus nach West und Ost. Sie fuhr weiter. Also konnte es doch nicht so schlimm sein. Also war alles doch nur ein Irrtum oder eine kurzzeitige Machtdemonstration, vielleicht zur Einschüchterung oder als Teil eines politischen Verhandlungsspiels gedacht. So sahen es viele. Denn die S-Bahn gehörte doch auch dem Spitzbart. Und warum sollte er die Bahn erst kastrieren und dann weiter fahren lassen? Die S-Bahn hätte ein Trost sein können. Vielleicht klammerten sich Menschen daran. Aber die meisten trotzten. Denn auch in der Bahn schien sich das angebliche Märchen von Dornröschen zu verbreiten. Kaum jemand fuhr noch mit ihr. Nicht nur in der Wollankstraße, auch am Gesundbrunnen oder wo immer ihre Gleise lagen.

Vor den Eingängen des S-Bahnhofes Frohnau standen in jenen Tagen Männer mit Pappschildern vor dem Bauch und auf dem Rücken, die mit Bindfäden grob zusammengehalten wurden. Die Männer mit ihren Pappschildern mahnten jeden potenziellen Fahrgast nicht einzusteigen. „Keinen Pfennig für Ulbrichts Stacheldraht", hieß es auf den Schildern. Mir kamen diese Parolen gemein vor, denn was konnte meine S-Bahn für die Mauer? Hatten etwa die Bahner an der Mauer mitgezimmert? Nein, so etwas hatte ich nie gehört. So etwas konnte ich mir nicht vorstellen. Die Männer mit den blau-roten Mützen waren dazu da, zu fahren, erhaben im Fahrtwind zu thronen, über allen weltlichen Dingen zu schweben. Ihre Helferinnen auf den Bahnhöfen, wenn auch von Physiognomie und Charakteristik bisweilen weiblichen Vopos – meine Mutter nannte sie „Vopissen" – nicht unähnlich, waren dazu da, grünes Licht und der

Bahn freie Fahrt zu geben: „Zug Adler nach Wannsee Türen schließen! Zug Adler nach Wannsee abfahren!" Und die Arbeiter an den Strecken waren dazu da, die Schienen zu kontrollieren, mit überdimensionalen Schraubenschlüsseln festzuziehen, Gleise zu reparieren, aber nicht abzumontieren. Nein, die Bahn und die Eisenbahner mussten auf ganz besondere Weise leiden. So, als hätte man sie in ein Geschirr gezwungen, die Zügel festgehalten und sie gleichzeitig wie zum Hohn zum Laufen ermuntert. Man erlaubte der Bahn nicht mehr, ihre Fahrgäste aus Oranienburg, Hennigsdorf, Velten (Mark) oder Bernau abzuholen und sie alle in der wunderbaren, quirligbunten Erhard-Zigarren-Welt des Gesundbrunnens auszuspucken. Nein, die Bahn war nicht schuld an der Mauer. Die Bahn war zu einem Krüppel worden, sie schien plötzlich noch angestrengter zu schnaufen, und dann wieder leise und depressiv zu winseln, obwohl sie doch keine Last mehr zu tragen hatte. Die Leuchten unter den Führerständen blinzelten in trauriger Unterspannung. Traurig darüber, dass sie wieder einmal in eine völlig menschenleere Station eingefahren waren. Es war nicht gerecht.

Und dennoch: ich litt nicht. Die Tat des Spitzbartes schien mir ganz persönlich gegolten zu haben: „Ja, das habe ich alles für dich getan", erschien mir im Traum eine Stimme gar nicht auf Sächsisch. Der Spitzbart schien plötzlich milde lächeln zu können, streichelte mir mit gütiger Hand über den Scheitel: „Ich weiß doch, dass du immer ganz traurig bist, wenn du in Frohnau in meine Bahn einsteigst und alle Fensterplätze sind bereits vergeben. Jetzt brauchst du keine Angst mehr zu haben, dass jemand aus Oranienburg oder Birkenwerder vor dir auf dem begehrten Platz sitzt. Ich habe das so organisiert, dass die nicht mehr mit Deiner Bahn fahren. Du hast sie jetzt ganz für dich allein, oder sagen wir: beinahe für dich allein. Du bist der Erste, du hast jetzt die Wahl, du suchst dir einen Platz aus, und alle anderen Menschen kommen nach dir dran. Und Deine Mutter braucht nicht mehr panisch aus der Bahn zu flüchten, wenn der Zug aus der Stadt in Frohnau einrollt. Nein, ich schone euch jetzt vor meinen Volkspolizisten, die streng aber gerecht sind und euch in Hohen Neuendorf aus dem Zug geholt hätten. Ihr seid ab jetzt die Ersten, die einsteigen, und die Letzten, die aussteigen". Vielleicht hatte der Spitzbart doch etwas für Kinder übrig, wie sein Fernsehen.

Wir waren jetzt eingeschlossen, von drei Seiten. Auf dem Feld nördlich der Neubrücker Straße, am Fuß des Bahndammes wimmelte es von Uniformierten mit lässig umgehängten Schnellfeuergewehren. Dort, wo sich schon zuvor kein Bauer hatte blicken lassen, pflügten nun Arbeiter mit Baggern und Lastwagen kreuz und quer. Graugekleidete buddelten Löcher, rammten Pfähle aus grobem Beton ein, spannten Stacheldraht. Schweres Gerät wälzte den Grünstreifen platt und hob Gräben aus. Am nördlichen Ende des Bahndamms hatten sie mitten im Gleis massive Holzschwellen eingegraben, deren Enden sich bizarr in der Luft kreuzten. Bald darauf wurden Schienen herausgerissen, als ob sie Angst gehabt hätten, ein Zug könnte das Schwellenkreuz niederwalzen. Aber auch das reichte ihnen nicht. Konnten Züge vielleicht ohne Schienen nur über Sand auf dem Bahndamm weiterrollen? Auf einer Länge von rund 200 Metern wurde der gesamte Bahndamm abgetragen. Als ich es zum ersten Mal sah, wurde ich traurig. Es wirkte so endgültig. Das war die Grenze zu Ostdeutschland. Es war nicht die Richtung, in die man zur Oma fahren musste. Aber ich wusste, dass auch dorthin der Weg versperrt war. Die richtige Mauer sah ich, wenn ich zwischen den Stationen Wittenau und Bornholmer Straße aus dem Fenster schaute. Da zog sie am Bahndamm vorbei.

Mir schien, dass die S-Bahn nun schneller fuhr, als ob sie sich für den Ausblick schämte. Südlich von Wittenau wurde die Mauer in das Werksgelände von

Bergmann-Borsig integriert. Das verstand ich nicht. Die Firma Borsig kannte ich doch aus Tegel - das war doch eine West-Firma. Die einst schöne rote Backsteinmauer auf der westlichen Seite von Bergmann-Borsig wurde nun mit Steinen in verschiedenen Farben und Größen erhöht. Aus der Mauerkrone lugten in regelmäßigen Abständen kurze, bald rostige Eisenstangen heraus, zwischen denen Stacheldraht gespannt war. Darüber endlose Kilometer geschundener Rohrleitungen verschiedener Stärken, aus denen es an einigen Stellen tröpfelte, an anderen weißer Dampf austrat. Pappdächer und Buden wurden bald von eckigen Wachtürmen überragt. Der frühere Eindruck einer beinahe eleganten, jedenfalls bürgerlichen Umfriedung war zerstört. Nun wirkte alles ebenso martialisch wie geschmacklos, windschief und provisorisch. Es bewies mir, dass Vopos nicht anständig bauen konnten.

Obwohl nun immer viel Platz in der S-Bahn war, fuhren wir kaum noch mit ihr. Der neue Favorit hieß Zwölfer Bus. Dieses blassgelbe Monstrum mit seinem grinsenden Kühlergrill fuhr auf einer der drei verbliebenen Ausfallstraßen in Richtung Berlin, genauer gesagt zum Wedding. Am Leopoldplatz konnte man in die neue U-Bahn umsteigen. Die Fahrt in die Stadt schien mir jetzt endlos lange zu dauern. Immer wieder kreuzte der Bus die S-Bahnstrecke. Sehnsüchtig schaute ich der ocker-roten Bahn nach, wie sie schnell über uns hinweg oder an uns vorbeidonnerte.

Das Einzige, was mich an diesen Fahrten entschädigte, war die Tatsache, dass es sich beim Zwölfer Bus um einen Doppeldecker handelte. Das Oberdeck bot ungewöhnliche Ansichten auf Straßen, Menschen, Autos. Man schaute – wie gelegentlich auch aus der S-Bahn – in den ersten Stock der Häuser, mitten hinein in Wohnzimmer. Im Gegensatz zur S-Bahn konnte man aus dem Bus sogar weit nach vorn schauen. Im Oberdeck saß man auf langen Bänken mit weichem, grünem Plastikbezug. Waren die Polster ausgeschlagen, sank man regelrecht ein. An der linken Fensterreihe verlief der Gang, an den sich hinten eine steile, schmale Treppe anschloss. Erwachsene mussten immer die Köpfe einziehen, um nicht gegen die Decke zu stoßen. Richtig toll war nur die erste Bank mit freiem Blick durch die Vorderfenster. In Fahrt wippte der Bus stark. Dann kam der Schaffner mit grau-grüner Schirmmütze und der vor den Bauch geschnallten Wechselkasse mit federndem Schritt, um die ständigen Wippbewegungen auszugleichen: „*Noch jeman ßujeschtiejen, bidde?*" oder „*Noch jeman ohne Faahschein?*". Mit rotem Gummidaumen zupfte er blasse, dünne Zettelchen von den Fahrscheinblöcken und ließ den Daumen anschließend gekonnt über die Hebel der Kasse wirbeln. Dann klimperte das Wechselgeld mit metallenem Geräusch aus dem Kasten und wurde einem zusammen mit dem Fahrschein in einer Hand rübergereicht. Die Bewegungen des Schaffners glichen dem eines tapsigen Bären, immer die Ellenbogen als seitlichen Halt herausstreckend, immer mit Buckel - auch auf dem Unterdeck. Und immer schien er mitzuwippen, selbst dann, wenn der Bus gerade einmal nicht wippte. An jeder Haltestelle musste der Schaffner auf einen der im Bus verteilten schwarzen Knöpfe drücken, um dem Fahrer durch einen kurzen Summton das Signal zur Abfahrt zu geben. Dann rollte das schwankende, wippende Ungetüm schwer an, mit großen Verschnaufpausen, die so meterlang waren, wie der Schalthebel des Fahrers in seiner engen Kabine. Eine der wichtigsten Aufgaben des Schaffners war im Winter das Schließen des dicken grünen Filzvorhangs zwischen der türlosen Plattform und dem Unterdeck. Die Atmosphäre war eine gänzlich andere als in der S-Bahn. Man saß nicht in Ruhe für sich allein. Auf die Bänke im Oberdeck quetschten sich bis zu sechs Personen. Viele Fahrgäste mussten stehen – im Gang auf dem Oberdeck war das allerdings nicht erlaubt. Der Bus war fast immer voll. Kaum in Fahrt gekommen, musste er an der nächsten Haltestelle schon wieder stoppen. An einigen Straßenecken schwankte das Gefährt beängstigend. Ich fragte mich, ob so ein Doppeldecker umkippen konnte. Gerüchteweise hatte ich von einem derartigen Unfall gehört, konnte es aber nicht glauben.

Für den Zwölfer Bus hatte man in Hermsdorf extra eine neue Straße aus glatten, hellen Betonplatten gebaut, auf denen er kaum wippte. Es war eine Querverbindung zwischen der parallel zur S-Bahn verlaufenden Burgfrauenstraße und der Bundesstraße 96, die von den Vopos zwischen Frohnau und Hermsdorf dicht gemacht worden war. Dort ragte ein Stück Ostzone in die Berliner Ortsteile hinein. Wegen seiner

Form erhielt es den Namen „Entenschnabel". Wer im Entenschnabel wohnte, war total eingeschlossen. Oder besser: ausgeschlossen. Nein, eigentlich ein- und ausgeschlossen. Nur eine bewachte Stichstraße mit Kontrollpunkt führte von Osten her hinein. Ostler, die in den Entenschnabel wollten, mussten die Vopo-Sperre passieren, die man von einer Frohnauer Anhöhe aus sehen konnte. Es hieß, nur Linientreue hätten die Chance, im Entenschnabel wohnen zu dürfen. Dennoch sollen in der ersten Zeit nach dem Mauerbau Bewohner des Entenschnabels durch selbst gegrabene Tunnel in den Westen geflüchtet sein.

Nördlich des Entenschnabels verlief die B 96 dann noch etwa drei Kilometer auf West-Berliner Gebiet, um dann endgültig hinter der Zonengrenze zu verschwinden. Frohnau war eine einzige, große Sackgasse geworden, eingeschlossener als wohl jeder andere Stadtteil Berlins, abgesehen von Steinstücken, einer bewohnten West-Insel südlich von West-Berlin. Die Zonengrenze, die sich rein gestalterisch immer mehr der eigentlichen Mauer anglich, schloss uns von Westen, Norden, Osten und – durch besagten Entenschnabel – auch teilweise von Süden ein. An einem Stück der B 96 verlief die Grenze entlang des westlichen Bordsteins. Die Häuser der westlichen Anlieger waren nur noch durch einen schmalen Weg zu erreichen. Wer dort wohnte, blickte immer auf die Mauer, sobald er vor die Haustür trat. Auch der Frohnauer Friedhof war von Stacheldraht durchschnitten. Wollte man einige Leichen zu Ostlern er-

43

klären? Die Waffe lässig vor dem Bauch baumelnd, wachten anfangs Vopos darüber, dass sich kein altes Muttchen mit Gießkanne den von ihnen beanspruchten Toten näherte. Sie lauerten hinter Büschen und Bäumen, hielten Uneinsichtigen die Kalaschnikow unter die Nase und sollen angeblich auch wiederholt den westlichen Teil des Friedhofes betreten haben.

Mein Schulweg war lang. Erstaunlich, dass er an keiner Stelle die Grenze berührte. Zu Fuß benötigte ich fast eine halbe Stunde – wenn ich schnell ging. Wenn ich trödelte, konnte es schon mal eine dreiviertel Stunde sein. Dabei wohnten wir damals nur drei Minuten von einer Grundschule entfernt – der Evangelischen Schule. Aber meine Eltern wollten mich dort nicht einschulen. Mit der Kirche hatten sie irgendwie nichts am Hut. Ich musste nur über den kleinen Hügel gehen, in dem unsere Straße verlief, schon schwoll mir Kindergeschrei entgegen, wenn gerade Pause war. Links an der Ecke stand auf einer Anhöhe das Gebäude der Evangelischen Schule, mit dem vorgelagerten Schulhof zur Straße hin abfallend. Ein graues Gebäude, dabei nicht groß, eher einer überdimensionierten, gutbürgerlichen Villa ähnelnd. Dunkle Erde bedeckte den abfallenden Schulhof, ab und an unterbrochen von dürren Kiefernstämmen, deren Kronen das Schulhaus überragten und den düster-grauen Eindruck der Anlage verstärkten. An dieser Ecke musste ich links in den Sigismundkorso einbiegen. Da war auch schon die Haltestelle des Zwölfer Bus. Dort stiegen wir ein, wenn wir in die Stadt fahren wollten.

Nach etwa 200 Metern musste ich nach rechts in die Alemannenstraße einbiegen. Dort fuhr die zweite Frohnauer Buslinie, der Fünfzehner nach Tegel. In der Alemannenstraße thronte links auf einer Anhöhe eine mächtige, dreistöckige Villa, in der Sigrid wohnte, in die ich verknallt war. Rechts gegenüber wohnte Hartmut. Ich konnte Hartmut nicht leiden, weil er fast jeden Tag mit Sigrid spielen durfte. Hartmut hatte immer halblange, graue Lederhosen an, über die sich alle lustig machten. Auch in den Schulpausen wurde er gehänselt: „Sitzt der Pup auch noch so locker, nichts geht durch die Knickebocker". Seine Mutter, eine große, schlanke und meist streng blickende Frau, nannte ihn immer „Percy" oder „Perzie", in strenger, ermahnender Form auch „Perzel" - sie sprach es dann gepresst und schlangenhaft zischend wie *Perchzzl* aus.

Ich war froh, wenn ich an *Perzies* Haus vorbei war. Nun ging es schlängelnd hügelabwärts. Am Fuß die Kreuzung Alemannenstraße/Maximiliankorso, die am stärksten befahrene Kreuzung auf meinem Schulweg. Weiter die Alemannenstraße, die sich an einer stillen Ecke gabelte. Alemannenstraße, Stolzingstraße und Gralsritterweg bildeten hier ein Dreieck, akkurat bepflanzt mit Rosen und anderen Blumen. Ich musste nach halblinks in den Gralsritterweg, der nach zwei kleinen Schlängelkurven genau auf das Schulgebäude zulief. Es war ein ganz neues zweistöckiges, in seiner Länge eindrucksvolles Gebäude mit viel Glas, in Ocker und Weiß. Auf der weitläufigen Wiese vor den Klassenzimmern stand ein lebensgroßes Bronze-Fohlen, geschaffen von der

Frau, die der Schule ihren Namen gegeben hatte – Renée Sintenis. Die Schüler beachteten das Fohlen kaum, das Betreten der Wiese war sowieso verboten. Den zweistöckigen, langgestreckten Flügel mit den Klassenzimmern auf der Rechten trennte eine gläserne Eingangshalle vom Verwaltungstrakt auf der Linken. Den repräsentativen Eingang durften die Schüler allerdings nicht benutzen. Sie mussten links am Gebäude vorbeigehen, die gewalzte Auffahrt hinauf, die auf den mit Fahrradständern vollgestopften Hof führte.

Am Hofeingang lag rechts im Hochparterre die Wohnung des Hausmeisters, über eine Betontreppe mit grauem Eisengeländer zu erreichen. Das Küchenfenster der Wohnung lag genau über dem Hofeingang. Der Hausmeister, vor dem alle Schüler Angst hatten, überblickte alles. Schlank, groß und grob war er, mit riesigen Pranken, trug immer einen grauen Kittel und meist eine karierte Schiebermütze, herrschte über den Hof im Kommandoton und war außerdem für die Ausgabe der Pausenmilch zuständig. Vor Unterrichtsbeginn stand er meist auf der Treppe vor seiner Wohnungstür, stemmte seine Arme feldherrengleich gegen den Handlauf und blickte streng über das Gewimmel. Schlimmste Sünden waren lautes Schreien oder das Radeln über den Hof. Die Schüler mussten eigentlich schon auf der Zufahrt, spätestens aber am Hofeingang vom Rad steigen, sonst wären sie vom Hausmeister sofort mit heiserer, weit tragender Stimme zur Ordnung gerufen worden. Bei wiederholten Vergehen erfolgte eine unverzügliche Meldung beim Klassenlehrer mit der sicheren Konsequenz von Nachsitzen oder Strafarbeiten. Immer war man froh, ungeschoren an dem Küchenfenster vorüber gekommen zu sein. Vom Fahrradhof führte ein Durchgang zum eigentlichen Pausenhof, einem weitläufigen, mit hellen Kieselsteinen bestreuten Platz. Fünf vor acht mahnte die Schuluhr zum ersten Mal mit durchdringendem Klingeln. Dann öffnete ein Lehrer eine gläserne Doppeltür, und die Schüler strömten von hinten in die helle zweistöckige Eingangshalle. Während vor Schulbeginn ein fröhliches Gewimmel herrschte, erfolgte der Einmarsch in das Gebäude zum Ende der großen Pause streng geordnet nach einem festen Ritual: Alle Klassen mussten sich in Zweierreihen am Hofrand vor dem hinteren Gebäudeeingang aufstellen, die ältesten Schüler nahe beim Eingang, die Jüngeren weiter außen. Auf diese Art entstand ein Halbkreis von Zweierreihen zwischen Schulgebäude und Turnhalle. Mehrere Lehrer überwachten das Aufstellen und anschließende Hineinwandern der Reihen, das eher einem Hineinmarschieren glich. In der Eingangshalle dann verzweigten sich die Ströme der Schüler. Meist waren die Älteren im Obergeschoss untergebracht, während die Klassenzimmer der Jüngeren überwiegend im Erdgeschoss nahe der Eingangshalle lagen.

Vor dem Beginn des vierten Schuljahres zitterten alle Kinder in meiner Klasse. Wir sollten Herrn E. als neuen Klassenlehrer bekommen. Herr E. war stellvertretender Schulleiter und der bekannt strengste

47

Lehrer an der ganzen Schule: klein, dürr, drahtig, mit leicht gilblich-straffer Gesichtshaut. Man sah ihn entweder im Anzug oder im Trainingsanzug - Herr E. gab auch Musik und Sport. Er rauchte – wie mein Vater – Ernte 23. E. wusste, dass die Schüler Angst vor ihm hatten, oder Bammel, wie er es selbst nannte. War er zornig, konnte es schon mal passieren, dass er mit seinem schweren Schlüsselbund in Richtung eines Schülers warf. Er wusste wohl genau, wie weit er gehen durfte. Und er konnte gut zielen. Deshalb traf er nie. Deutsch und Heimatkunde waren seine wichtigsten Fächer. Bis zum Ermüden wurde Grammatik gepaukt: an, auf hinter, neben, in, über, unter, vor und zwischen – auswendig gelernter Lyrik gleich. Kuriose Züge nahm das Rezitieren im Rechnen bei Direktor M. an: Stehend wurde im Chor das Einmaleins wiedergegeben: einmal sechs ist sechs, zweimal sechs ist zwölf ... Der Direktor, der – hochgewachsen und schmal – unter anderem wegen seiner Vollglatze heimliches Spottobjekt der Schüler war, dirigierte den Rechenchor. Wir älteren Schüler hatten Mühe, uns das Grinsen zu verkneifen.

Über E. dagegen machte niemand Witze, und es wurde auch nicht gegrinst. In der Heimatkunde mussten wir alle S-Bahnstationen der Nordstrecken nach Oranienburg, Velten (Mark) und Bernau auswendig lernen. Sprachlich waren dabei keinerlei Grenzen zu ziehen. Wir taten so, als könne man noch ganz normal von Hennigsdorf nach Tegel, von Oranienburg oder Bernau nach Gesundbrunnen und umgekehrt fahren. Bei der Nordbahn duldete E. keine Ausrutscher...

Gesundbrunnen – unübersichtliches Bahnsteiggewirr als Verlängerung schräg herab fallender Glasschläuche, deren Transparenz von hindurch quellenden Massen aufgehoben wird. Ein Bild schief stehender Gewächshäuser mit schwarzen Füllungen. Es wimmelt vor ocker-roten Zügen; Türenschlagen im Free-Jazz-Rhythmus. Three, two, one – we have ignition – das Anrucken hat immer etwas Endgültiges, aber ohne sichtbare Treibgase und abfallende Versorgungsleitungen, gefolgt von zunächst bassigem, ansteigenden Brummen, unterbrochen vom schlangenhaften Bremszischen in den Bahnhof einfallender Züge, die die Wartenden unwillkürlich zurückweichen lassen. Aufreißen der Türen, Herausquillen von Massen, die sich anschließend die Gewächshäuser hinaufschieben, Hineinströmen neuer Knäuel in die Abteile. Der Zug setzt sich in Bewegung, vibriert und knarrt unwillig unter der Last, taucht unter die Millionenbrücke und geht in eine leichte Linkskurve, rechts von sich ein altes zweistöckiges Stellwerk auf scheinbar leichtem Fuß hinter sich lassend. Gerade lehnt sich ein Reichsbahner lässig und nur mäßig interessiert heraus. Die Linkskurve scheint sanft und endlos, dann tunnelt der Zug eine kurze schwarze Brücke. Jetzt verlässt die S-Bahn ihre eigene ruhmreiche Vergangenheit, taucht im Hier und Jetzt auf, in der nackten Wirklichkeit: Stacheldraht, dann eine graugetünchte Ziegelsteinmauer, die niemals das Kriterium der sogenannten modernen Grenze erfüllen sollte, begleitet den Zug in Richtung Norden. Diese kunstlose Mauer, vielleicht hundert Meter lang, anschließend an die Brücke und sich am anderen Ende im Gleisvorfeld des Bahnhofes Bornholmer Straße verlaufend, faszinierte mich immer. Es war eine böse Mauer, böser als alle späteren Vopo-Bauwerke, die sich glatt und weiß getüncht mit der bekannten runden Krönung eher aseptisch und so auch ignorierbar gaben. Nein, dieses hundert Meter lange Stück Vormauer zeigte sowohl Perfidie wie Unfähigkeit, bewies überdeutlich, worum es bei diesem Bauwerk jenseits aller späteren Verschleierungsversuche über die Existenz des Schießbefehls wirklich ging. Dieses Stück Mauer erklärte wie kein anderes, wie kleinkariert, bieder und nieder, wie bloß ihre Erbauer waren, wie unwirklich das Objekt und wie temporär. Penibel – Heinz Florian Oertel hätte sicherlich von Akkuratesse geschwärmt, hätte er dieses Stück Mauer einmal besichtigen können (und wollen) – hatten fleißige Handwerker Glas zerkleinert, die Bruchstücke auf der breiten Mauerkrone - schön immer die Spitzen nach oben - in den frischen Mörtel gedrückt und mit der Wasserwaage ausgerichtet. Vermutlich hatten die Architekten zuvor noch komplizierte Berechnungen über den optimalen Wirkungsgrad der Glassplitter bei einer bestimmten Anzahl scharfer Spitzen pro Quadratzentimeter angestellt. Manchmal bei Gegenlicht blinkten einzelne Splitter in der Sonne. Wenige Sekunden benötigt der Zug, um das primitive Bauwerk zu passieren. Jetzt hat er Fahrt aufgenommen und donnert durch den zugig-leeren Bahnhof Bornholmer Straße, links westliche Kleingärten mit einfachen Teerpappe gedeckten Buden, rechts wischt eine gespenstische Fensterhöhle vorbei, preist ein verblichenes Schild Zeitschriften an, die nicht vom Tage sein können, täuscht Bahnhofsleben vor. Aber niemand im Zug lässt sich noch täuschen.

Widerhallender Donner der Brückenunterführung, die kühn geschwungenen, schwer vernieteten Eisenträger der Bornholmer Brücke, von der wohl niemand mehr weiß, dass sie Hindenburg-Brücke heißt. Man spricht von der Bornholmer Brücke, doch auf diesen Namen war sie nie getauft oder umgetauft worden. Dann am Fels in der Schotterbrandung vorbei, dem modern wirkenden, mächtigen Stellwerk „Bos", scheinbar völlig ungerührt von politischen Wetterlagen. Die Anlagen des Bahnhofs Bornholmer Straße waren erst zu den Olympischen Spielen 1936 fertig gestellt und 1961 wieder außer Betrieb gesetzt worden. Für S-Bahn-Verhältnisse also geradezu jungfräulich – selbst die Züge waren viel älter. Später gab ich dem Bahnhof in Anlehnung an Karl Schiller den Beinamen „Mittelfristige Finanzplanung". Vorbei. Alte Brückenfundamente, Pfeiler, rostiges Eisen, ein Gewirr, dahinter rostiger Draht, später abgelöst durch die nicht mehr rostende moderne Grenzmauer mit ihrer krönenden sogenannten Hamsterrolle, die allerdings nicht rollte sondern lediglich dem Abrutschen diente. Dann das aufgebuddelte, aufgewühlte, umgepflügte Eisenbahnkreuz. Die Höhenlage des westlichen Bahndamms gibt für einen Moment den Blick frei, und da sieht man sie manchmal ocker-rot parallel fahren und dann tangential wegdriften. Allein dieser Augenblick ist mir eine ganze Fahrt wert. Er verrät: Es kann keinen Bestand haben!

Die Mauer versteckt sich nun gnädig westlichen Blicken am Fuße des Bahndammes. Der Zug fliegt am Einschnitt des ehemaligen Bahnkreuzes vorbei. Einst zweigte ein Gleis von der Nordbahn ab und beschrieb auf sandigem Damm einen Halbkreis in Richtung Osten. Mit dem Bau der zunächst provisorischen Grenzbefestigungen waren die Schienen herausgerissen und durch Stacheldraht und Spanische Reiter quer zur einstigen Fahrtrichtung ersetzt worden. Wie eine Reihe kurzer Telegraphenmasten, die man früher entlang der Eisenbahnstrecken verfolgen konnte, kroch die Linie der grauen Betonpfosten den steilen Damm hinauf, über die einstigen Gleisanlagen und verschwand hinter der Dammkrone. Später trug man den Bahndamm teilweise ab. Ein abgeschnittenes Käsestück, eine geteilte Rollenbutter oder der Steilhang einer toten Kiesgrube, wo Mauersegler, Schwalben oder Möwen mit Vorliebe ihre Nester bauen.

Das Niemandsland. Eine Fläche Sand, ohne Leben. Eine Mondlandschaft. Eine Wunde in der Erde, eine Wunde in Menschen, jedermann sichtbar, vom Westen aus, provozierend, wie das gesamte Bauwerk. Nicht einmal Unkraut darf dort Fuß fassen. Dafür sorgen die Vopos mit Chemie. Der Zug lässt die Mondlandschaft hinter sich. Die Stadt näherte sich erneut, zwängt die Trasse ein. Der Bahnhof Wollankstraße. Die Eisenbrücke über der Wollankstraße lässt den Zug hineindonnern. Schon von weitem kommt die Stirnseite eines lange nicht mehr genutzten Personalhäuschens im typischen Stil des Eisenfachwerks ins Blickfeld. Unzureichend übermalt, schimmert der alte Bahnhofsname Pankow (Nordbahn) durch. Aber die Mauer hat auch diese einst schlichte geografische Wahrheit in eine Lüge, in einen Treppenwitz der Berliner S-Bahngeschichte verwandelt. Pankow - wo war das? Dort jedenfalls nicht mehr. Pankow begann nun einen Zentimeter, einen Millimeter hinter der Mauer. Ein Zug hält in Pankow, aber kein Pankower steigt mehr ein. Ja, sie können ihren Bahnhof sehen, die Pankower. Aus den Fenstern der Hinterhöfe in der Wollankstraße. Vielleicht sind es 50 Meter. Kaum mehr, als eine Wäscheleinenlänge. Die dürfen plötzlich in ihrem Hof nicht mehr hängen. Ein paar Sträucher sind so ziemlich das einzige optische Hindernis zwischen dem Blick des Fahrgastes, der bei Halt der Züge in Richtung Norden unweigerlich nach rechts schwenkt, und den Fenstern im ersten Stock.

Alles in Augenhöhe. Auch hier versteckt sich die Mauer dezent am Fuße des Bahndammes. Selbst die Straßenbahnschienen, die so frech unter den groben, lieblos mit Mörtel beklatschten Steinen hervorlugen, auch sie lügen. Über diese Schienen in der westlichen Wollankstraße ist schon lange keine Bahn mehr gerattert. Andererseits: Ist es wirklich Lüge? Sind der Bahnhofsname und die Schienen nicht sichtbarer Beweis dafür, dass das neue Bauwerk die eigentliche große Lüge ist? Der Versuch, eine Normalität vorzutäuschen, die es nicht gibt? Die es nie geben wird? Nicht mit noch so vielen zugemauerten Haustüren, Fenstern, abgeschlagenen Balkonen, entmieteten und abgerissenen Häusern, gesprengten Kirchen, verbreiterten Schießschneisen mit sauber gepflegten Rasenstreifen, die wie Entsorgungsparks lügen wollen? Kann man Adern und Venen eines Körpers einfach irgendwo willkürlich auseinanderreißen, um aus einem Körper zwei werden zu lassen? Wie groß ist die Kunst dieser Politärzte? Würden sich Körper trennen lassen, ohne unter größtem Blutverlust ernsthaft zu erkranken, ohne zu verkümmern und abzusterben? Ein einmaliges Experiment, mit Frankenstein und Mengele als Vorfahren. Und doch will fast niemand die leisen Schreie der Opfer hören. Was ist geschehen: Realität bedeutet, dass ich nun nicht mehr von meiner Mutter in die Wollankstraße zu Pomade Marke Wiedehopf genötigt werden kann.

Wer oder was war eigentlich Wollank? Niemals wäre ich auf die Idee gekommen, ein Herr Wollank könnte so etwas harmloses wie ein Pankower Amtsvorsteher aus dem 19. Jahrhundert gewesen sein. Eines war mir klar: So etwas wie Amtsvorsteher gab es nicht mehr. Ich kannte Generalsekretäre und Staatsratsvorsitzende, Präsidenten und Regierende. Aber Amtsvorsteher...? Ich wusste, dass es eine Zeit vor den Reiterhosen gegeben hatte. Ich hatte sogar eine Ahnung davon, dass selbst die Armrecker nicht am Anfang aller Zeit gestanden hatten. Davor musste es eine andere Zeit gegeben haben. Eine Zeit, als die Opas, die ich nie kennen gelernt hatte, selbst noch jung gewesen waren. Eine Zeit mit Kaisern und Königen, eine Zeit von Prunk, irgendwie märchenhaft. Ich sah Kronen, Pferde und Uniformen, die keine Angst machten. So musste es gewesen sein, noch vor der Zeit, die ich kannte oder von der ich zumindest gehört hatte.

Aber so klang Wollank nicht für mich. Wollank klang für mich nach S-Bahn und links um die Ecke. Linksrum ins Grau, linksrum zu den Uniformen, die es schon vor dem Bau der Mauer dort und überall im Omaland reichlich gab. „Wir fahren in die Wollankstraße", hatte für mich beinahe den Klang einer Drohung, nicht nur wegen der Pomade. Der Wedding, durch den ja die Wollankstraße ebenso führte, fühlte sich für mich nicht viel besser an als das Pankow, in das wir bei unseren Besuchen nur oberflächlich drangen. Erst wieder ab Gesundbrunnen hatte Wedding für mich einen anderen Klang, den Klang von Großstadt, Spannung und Erlebnis. Davor war es eine Gegend, durch die man schnell durchfuhr, wenn man sich nicht gerade pomadisieren lassen musste. Wollankstraße, das waren genauso bröckelnde Fassaden wie in Erfurt. Das waren milchige HO-Ladenschilder aus Glas, durch die schon die Lampen durchschienen, weil die flaue Farbe nicht hielt. Das waren Menschenschlangen, die vor leeren Ladentheken begannen und über kleine, ausgetretene Granitsteinstufen bis nach draußen reichten und dort noch eine Menschenkurve bildeten – ohne lenkende Absperrgitter. Wollankstraße, das waren auch altersschwache Straßenbahnen mit hellen Klingeln, die wie Kinderkarussells klangen, deshalb schon wieder an den Sandmann erinnerten. Der fuhr bisweilen auch so eine Straßenbahn, nahm stehend den gesamten Führerstand ein und streckte seinen frechen Spitzbart zum Frontfenster hinaus. Genauso wie beim Sandmann sah die Straßenbahn in der Wollankstraße aus. Nun aber, mit dem massenhaften Aufkommen von Maurern in Begleitung von Reiterhosen, endete auch an der Wollankstraße das Leben. Zwar hielten die Züge weiterhin in dem nun einseitig gelähmten Bahnhof. Nötig wäre es eigentlich nicht mehr gewesen. Ich hätte eine Lösung nach Vorbild der Bornholmer Straße sogar begrüßt. Zumindest hätte man den Bahnhof jetzt guten Gewissens umbenennen können. Doch mit Umbenennungen war die S-Bahn nicht so schnell bei der Hand. Gut, man hatte zu Zeiten, als an Vopos und Mauer noch nicht zu denken war, aus Pankow (Nordbahn) Wollankstraße gemacht. Diese Weisheit der Vorväter kam dem Spitzbart und seinen Vopos nun zupass, denn sie ersparte peinliche Erklärungsversuche: *„Üch vrschdähe ühre Frooche sou, doss äs Mänschn in Wessduidschlond gübbd, dü wünschn, doss wior die Baoorwaidor dr Haobdschdodd dr DäDäÄrr mobilisiorn, dähn Eungong däs Boohnhoofs Bangoh Nrdboohn dszuudszumaorn – joh? Äh – mior is nich begonnd, doss eune solje Obsichd bschdääd, doh süch di Baoorwaidor dr Haobdschdodd haobdsächlich müd Woohnungsbao beschäwdjen un ühre Orwaidsgrofd voll oingesädsd wrd. Niemond hoddie Obsichd, dähn Boohnhof Bangoh Nrdboohn dszuudszumaorn“.*

Und *niemond hoddi Obsichd*, Hauptstraßen in Sackgassen zu verwandeln, *niemond hoddi Obsichd*, Gleise herauszureißen, *niemond hoddi Obsichd*, Bahndämme abzutragen, *niemond hoddi Obsichd*, Maurer zu bewachen, *niemond hoddi Obsichd*, Kirchen zu sprengen, *niemond hoddi Obsichd*, Gräber umzupflügen, *niemond hoddi Obsichd*, S-Bahnen zu entvölkern, *niemond hoddi Obsichd*... Nun aber wäre als neuer Bahnhofsname für die Wollankstraße vielleicht „Wedding-Ost" treffender gewesen oder noch eher „Lands End".

Gespenstische Stille auf dem Bahnhof Wollankstraße, wenn der Zug ausgerollt ist. Angestrengtes Zischen, irgendwo ganz hinten wird eine Tür dumpfrollend aufgerissen. Ein Vogel zwitschert ein bisschen Hohn. Pappeln täuschen im Wind rauschend Idylle vor. Unter der Last deutscher Geschichte scheint die Uhr des Bahnhofs aufgegeben, ihren Betrieb einfach eingestellt zu haben. Eine Stille, die ebenso bedrückend wie Erleichterung durch Zeit- und Zukunftslosigkeit ist. Die geschichtsträchtige Stille hilft träumen. Bis das Geräusch der zuschmetternden Tür hoch schreckt, den Vorhang vor den leichten, sanften Schleier abrupt zuzieht. Fortgeweht die Frage, wie sie leben mögen, die Menschen hinter den Fenstern in den Hinterhäusern der Wollankstraße. Wie sie es aushalten können mit diesem Blick. Weggeweht der Gedanke, auf diesen Menschen, die man so merkwürdig selten zu Gesicht bekommt, müsse Schwermut lasten, sie müssten verrückt und rasend werden. Verflogen der Einfall, sie könnten zu einer Waffe, am besten einer Maschinenpistole greifen, um sich freizuschießen aus dem Käfig. Fallengelassen die Frage, ob sie nachts solcherart Alp- oder Machtträume hätten. Aber solche Geschichten liest man in der Zeitung. Sie spielen meist in amerikanischen Supermärkten. Ganz sicher nicht in der Wollankstraße.

Im Beschleunigen überquert der Zug die Panke, ein im Sommer müdes Bächlein, kaum mehr als knöcheltief. Die Panke ist ebenso unscheinbar wie politisch unzuverlässig, eignet sich überhaupt nicht für einseitige Inanspruchnahmen, wie sie seit Jahrzehnten hoch im Kurse stehen: „Die Panke muss ein Bach des Friedens sein." „Panke befiehl, wir folgen dir." „Die Panke ist rot." „Pankenland in Bauernhand." „Jeder Arbeiter einmal an die Panke." „Die Panke, die Panke, die hat immer recht." Kein Dichter des sozialistischen Realismus besingt derart die Gestade, kein Politiker ergreift Partei für die Panke, kein Revanchist, Militarist, Revisionist oder sonstige „Ist" baut seine Panzer an ihrem Ufer auf, um die Errungenschaften des Sozialismus per Übergriff auf dessen eigenem Territorium zu vernichten. Nicht mal dekadente US-Cowboys setzen sich mit Marlboro im Mund und Gitarre in der Hand ans wärmende Lagerfeuer, um beim leisen Geplätscher zum romantischen Sonnenuntergang über dem Pankeufer traurige Country-Songs zu intonieren. Und kein Vopo von den Grenztruppen zieht seine glänzenden Lederstiefel aus, um in den grauen Wassern der Panke die Füße zu kühlen. Historisches hat sich wenig ereignet an der Panke. Nicht an der Panke, sondern an der Elbe bei Torgau verbrüderten sich sowjetische und amerikanische Truppen kurzzeitig. Bepfiffen wurde nicht die Brücke am River Panke (gesprochen: *„Penki"*), und nicht im Wedding sondern bei Arnheim hatten die A-merikaner einst übergesetzt. Nein, die Panke war nur so ein kleiner, nasser Störenfried, der immerhin einem ganzen Bezirk den Namen gegeben hatte. Pankow war ein Ost-Berliner Bezirk, von Ulbricht zeitweilig zum Machtzentrum erkoren. Im Westen sprach man deshalb grundsätzlich abfällig von Pankow, den Pankowern oder – deutlicher – den Machthabern in Pankow.

Was konnte die Panke dafür? Eine echte Pankowerin im politischen Sinne war sie ja sowieso nicht, denn sie schlängelte sich listig gen Westen, trat in Höhe des Bahndammes der Nordbahn über die Grenze, die sie irgendwann zur Staatsgrenze – sächsisch: *„Schdoodsgränse"* – zu erklären versuchten, war also im ostischen Sinne nichts anderes als eine gemeine *„Gräns"*-Verletzerin. Hernach schlängelte sie sich durch den angeblich roten, jedenfalls West-Berliner Arbeiterbezirk Wedding, vorbei an den Bürofenstern der Erz-Isten des Kapitals vom Schlage Schering, um plötzlich in Richtung Süden abzubiegen, erneut die Grenze zu passieren (ohne jemals einen Antrag auf einen Berechtigungsschein zum ein- oder mehrmaligen Empfang eines Visums der Deutschen Demokratischen Republik gestellt zu haben) und mitten im Herzen der *Haobdschdodd dr DäDäÄrr*, ganz in der Nähe des Bahnhofs Friedrichstraße unterirdisch in die ebenfalls politisch unertüchtigte Spree zu müden. Fast erstaunlich, dass niemandem eingefallen war, die Panke am zweimaligen Grenzübertritt zu hindern. Mag sein, es hat in irgend einem Ministerium zeitweilig derartige Planspiele gegeben. An der Wollankstraße jedenfalls wurde die Panke unter der Mauer durch Röhren und Gitter mit Stacheldraht gezwängt, nach dem Motto: wenn schon Grenzübertritt, dann aber stilgerecht. Eine Losung, der sich auch die letzte Kanalratte zu unterwerfen hatte.

Schönholz, eine stille Station wie inzwischen viele an der Nordbahn. Man schaut auf die Reste einst metropolen Eisenbahnwesens. Ausladende Stellwerke vor dekorativen Rauschepappeln, rostige Gleisparallelen, sogar Weichen. Die ein oder andere wird noch gestellt. Dafür tut ständig ein Reichsbahner an den Hebeln Dienst. Dabei findet nichts statt. Zweimal wöchentlich kommt der Franzosenzug von und nach Tegel durch, ab und an werden tarnfarbene Güterwaggons müde-lustlos verschoben – scheinbar ohne Ziel, ohne Eile, ohne Grund. Gleisanlagen, die dem Hauptbahnhof einer mittleren Kreisstadt alle Ehre machen würden, dämmern vor sich hin. Warten auf Leben, das nicht zurückkehren will. Oder auf den Tod. Warten auf eine Ewigkeit, die scheinbar bereits stattfindet. Hitze flirrt über längst plattgefahrenem Schotter. Jedes Mal will man irgend ein Zeichen von Leben entdecken. Einen kürzlich abgestellten Waggon. Ein Bahnarbeiter, der beflissen über die Gleise hüpft, beim Überqueren vorsorglich nach links und rechts schaut, auch wenn er den dünnen Fahrplan auswendig kennt. Man sucht nach Bautätigkeit. Hier wurde gerade eine besonders marode Schwelle ausgewechselt. Eine Lok, und sei sie noch so armselig, wäre ein großes Glück. Sie zeugt von Bewegung, von Arbeit, täuscht Leben vor. An Personen- oder D-Zugwagen ist nicht zu denken. An den Ausfahrtgleisen stehen die hohen Wächter mit ausgestreckten Armen, zeigen vergleichsweise wenig Rost, aber noch weniger Bewegung. Einmal während des kurzen Halts den Flügel schwenken sehen, das wäre großartig, würde Euphorie auslösen. Wir wollen aus unserer Depression herausgerissen werden, wir wollen das Leben zurückkehren sehen. Wir wollen den Rost und das Unkraut vernichten, wir wollen die Fahrgäste in die wartenden Bahnen strömen sehen, den Siegeszug der Freiheit.

Sie wird plötzlich kommen, fast ohne Vorwarnung. Eines Tages werden die rostigen Gleise nicht mehr rostig sein sondern von Wagen blank gefahren. Lokomotiven werden angestrengt arbeiten, schnaufend unter dickem weißen Dampf oder brüllend und Diesel-rußend beschleunigen. Sie werden die Pflanzen, die sich noch keck und frech im Schotterbett recken, mit ihrer Urkraft zermalmen. Es wird rangiert, verschoben, der Stellwerker wird schwitzend die kraftraubenden Hebel umlegen, die Zugseile werden schwingen, die Gewichte wie muntere Mühlenflügel fröhlich hin- und herklappen. Und auf den Außengleisen wird dieses Bild neuen Lebens eingefasst und gekrönt von schnellen Zügen. Mit 120 oder mehr werden die roten Loks vorüberrasen, Weichen treten, mit einem Dutzend bunter Schnellzugwagen im Schlepptau, die noch über die Schienenstöße knallen, wenn das Motorengeräusch längst verweht sein wird. Ein Bild von Sekunden, das sich mehrmals täglich wiederholen wird. Weit hinaus werden sie fahren, doch viel zu schnell, als dass man die Zielschilder an den Waggontüren lesen könnte. Dann wird sich der Stellwerker neugierig aus dem Fenster lehnen, wehmütig hinterher schauen, um anschließend schnell den nächsten Hebel zu wuchten. Einstweilen aber bleiben nur die ewigen Pappeln, bleiben die rostigen Gleise, flirrende Hitze als Standbild und der Stellwerker, der auf seinen großen Tag wartet.

Schönholz, eine Umsteigestation ohne Umsteiger. Hier treffen sich die Züge aus Frohnau und Heiligensee. Eine Zeit lang war es für mich die Station mit dem nächstgelegenen Kino, nachdem man das wundervolle, riesige Capitol in Frohnau mit seinen endlosen Reihen rot gepolsterter Plüschsessel in einen Supermarkt verwandelt hatte. Das Capitol war ein vornehmes Kino mit einer richtigen Bühne gewesen, auf der wohl irgendwann auch gespielt worden war, mit einer geschnitzten Balustrade zwischen den billigen und den teuren Plätzen. Als man anfing, Tarzan in Matineen zu zeigen und Heizdecken von der Bühne aus zu verklitschen, war das Ende nah. Mein Freund *Sseier* und ich fuhren dann immer mit der S-Bahn nach Schönholz, ohne vorher in den Spielplan zu schauen. Irgend etwas würde es schon geben. Bei der Anfahrt rauschte das BaLi (für Bahnhof-Lichtspiele) am Zug vorbei. Es lag dem Bahnhof schräg gegenüber und schaute auf die Mauer, die auch in Schönholz den Durchgang unter der S-Bahnbrücke verhinderte. Ein Vorposten des Lebens. Vergnügen am Rande des Nichts. Auch hier hatte sich ein ganzer, einst lebendiger Stadtteil in eine einzige graue, bedeutungslose Sackgasse verwandelt.

Das Schönholzer Kino war wesentlich weniger vornehm als das Frohnauer. Eng, verwinkelt, ein bisschen schmuddelig. Mitten über die kleine Leinwand, die nur aus einer weiß gekalkten Wand bestand, zog sich ein deutlich sichtbarer Riss. Er verschwand, wenn der Film anfing. Wenige Jahre nach der Schließung des Capitols wurde auch das BaLi abgerissen und durch ein nüchternes, mehrstöckiges Mietshaus ersetzt.

In der Beschleunigung rumpelt der Zug über die nach Heiligensee führende Abzweigung. Sanft wie eine Rolltreppe senkt sich das Mittelgleis. Dann rast die Bahn auf einem Viadukt gelber Backsteine über das parallel verlaufende Fernbahngleis nach Heiligensee. Stattliche Rundbögen bezeugen, dass einst mehrere Gleise zu überqueren waren. Als Endstation der eingleisigen Strecke kannte ich nur Heiligensee. Im Heimatkunde-Unterricht war von einer anderen Endstation die Rede: Velten, mit dem Zusatz „Mark", in Klammern: Mark, also Velten (Mark). Was hatte das zu bedeuten? Was war das? Wo war das? Es schien ein rätselhaftes Wunderland zu sein, in dem dieses Veltenmark lag, oder Velten/Mark oder Velteninklammernmark. Außerdem, auch das hatte ich gelernt, handelte es sich um die Kremmener Bahn, während die

Bahn nach Frohnau Nordbahn hieß. Der Zusatz war auf den Stationsschildern von Wittenau zu lesen: Wittenau (Kremmener Bahn) und Wittenau (Nordbahn).

Mir kam die Idee, es könnte sich um eine ähnlich aussagekräftige Bezeichnung wie Pankow (Nordbahn) handeln. Was Kremmen war, blieb im Dunkeln. Sicherlich ein Ort, der sich jedoch nur in Form einer kleinen Kuller auf einer in nordwestlicher Richtung aus dem Stadtkörper herausragenden Linie darstellte, wie ich einem alten, in der Heimatkunde verwendeten S-Bahnnetzplan entnehmen konnte. Ein frecher Stachel endete an dem Punkt Velten (Mark), um als dünne Linie weiter bis Kremmen dargestellt zu werden. Nach unten hin durchschnitt die Linie die Stadtgrenze und mündete vor Schönholz in die Nordbahn. Allerdings nur im Heimatkunde-Heft. Es gab auch andere, aktuellere Netzpläne. Man konnte sie in Form eines etwa DIN A 3 großen Blattes grobgräulich, holzigen Papiers mit blassgrünen Linien auf jedem S-Bahnhof studieren. Der Stadtkörper war auf diesen Plänen in zwei unterteilt: „Westberlin" und „Berlin Hauptstadt der DDR". „Westberlin" wurde dabei von einer schwarzen, zusätzlich grün gestrichelten, dicken Markierung begrenzt, was eine *„Schdoodsgränse"* darstellen sollte. „Berlin Hauptstadt der DDR" dagegen war lediglich mit einer dünnen, schwarzen Linie vom Umland getrennt. Diese Karte ließ sich auf unterschiedliche Weise interpretieren, denn sie zeigte – Tücke des Objekts – nicht nur West und Ost sondern auch das Umland dieses merkwürdigen Doppelgebildes mit den angeblich zwei Namen. Um dieses ungleiche Duo kreiste ein vom Nahverkehr genutzter Eisenbahnring (auf dem der sogenannte Sputnik mit den von mir so geliebten Doppelstockwagen verkehrte), und dieser wurde an mehreren Stellen von den sternförmig aus dem Zentrum führenden Vorortlinien geschnitten. Auf diese Weise mussten die Hauptadern als an der Staatsgrenze gekappte Stummel dargestellt werden. Aus „Westberlin" ragte nichts hinaus. Alles – mit Ausnahme zweier dünnen Fernbahnlinien und zweier dicken S-Bahnlinien zum Bahnhof Friedrichstraße – endete an der grün-schwarzen Doppellinie, so eben die Nordbahn mit der Kuller Frohnau, die Kremmener Bahn mit der Kuller Heiligensee. Den Eisenbahnring durchschnitten ebenfalls kurze Stummellinien, in deren Verlängerung in Richtung auf „Westberlin" wie zufällig weitere Stummelenden lagen. So wirkte das Ganze wie ein Provisorium, wie etwas Unfertiges, Ungewolltes. Ein Eingeständnis.

Die Wahrheit war zu lesen auf der offiziellen Reichsbahn-Netzkarte, auf den Stationsschildern. Was ist eine Kremmener Bahn, die nicht nach Kremmen führt? Was soll eine Nordbahn-Station Birkenwerder (mit dem Stationszusatz: „bei Berlin"), die bei einer „Selbständigen Politischen Einheit Westberlin" liegt, aber meilenweit vom angeblichen Berlin entfernt? Wozu ein übermaltes Pankow (Nordbahn), das faktisch nicht zu Pankow gehörte? Mit dem Finger auf den Linien konnte jedermann nachvollziehen, was gewesen ist, wie es in Wirklichkeit gedacht war, wie es dereinst wieder werden musste. Wird sein! Nicht, was der Parteitag beschloss. Was die S-Bahn beschloss. Was die Netzkarte zeigt. Was die Wirklichkeit sagt. Was die Wahrheit ist. Wird sein! Statt der großen Halle des himmlischen Volksfriedens, statt der Straße der DSF.

Später sollte der Westen das grafisch-politische Eigentor des Ostens tilgen. Mit der Übernahme der S-Bahnreste in West-Berlin konnte man auf die Darstellung dieser Strecken verzichten. Zähneknirschend hielten sich die „Organe" an die inzwischen auf höchster Ebene ausgehandelte neue Schreibweise Berlin (West), ließen es jedoch im Übersichtsplan auf einen kaum noch störenden Miniaturstreifen zwischen dem westlichen (östlichen) Umland und ihrer Hauptstadt zusammenschnurren. Berlin (West) war aus Reichsbahnsicht nun zu einem schmalen Streifen ohne Inhalt zusammengeschrumpft, der die Optik des gesamten kreisförmigen Netzkörpers nur mehr unwesentlich störte – wie der zu vernachlässigende Inhalt einer Klammer. Die den Eisenbahnring um Berlin kreuzenden Stummelenden wirkten auf diese Weise längst nicht mehr so provisorisch, weil ihre einstigen Fortsetzungen in Berlin (West) nicht mehr dargestellt waren. Dass es sich nicht um eine maßstabsgerechte Karte handelte, merkte nur der aufmerksame Beobachter an dem unterbrochenen Eisenbahnring, dessen weiterer Verlauf auf einer Nebenkarte mit Pfeilen dargestellt wurde. Vermutlich hätte man in einer weiteren Neuauflage letzte geografische Bedenken (und Realitäten) abgelegt, den Kreis des Eisenbahnringes durchgezogen und auf jegliche Darstellung Berlin (Wests) verzichtet. Doch diese Karte erschien nie.

Wie gehetzt rast die Bahn Wilhelmsruh entgegen. Das Singen wird immer höher, lauter und angestrengter. Lugt der Sensenmann wie weiland Killroy von rechts über die Mauer, schwingt er die Peitsche, versucht er die Bahn zu erwischen? Links fliegen Industriebetriebe vorbei, mit großen Hinterhöfen. Zwischen wild wucherndem Unkraut Kabeltrommeln in Reih und Glied, wie endlose Reihen von Grabsteinen auf Soldatenfriedhöfen. Kein Mensch ist zu sehen. Nie ist jemand zu sehen. Ist es vielleicht doch ein subventionierter Friedhof für Kabeltrommeln? Rechts schimmert im Sommer der weiße Wall punktuell zwischen chaotisch wucherndem Grün hervor. Fast kann man das endlose Bauwerk nur mehr ahnen, schamvoll verdeckt von jungen Birken, Ahornen, Robinien, Holundern, die sich über Jahre von der Mauer bis auf die toten Nebengleise ins Land vorgearbeitet haben. Sie könnten von der Reichsbahn planmäßig organisiert angepflanzt worden sein im Auftrage der Vopos, um die Scham zu verdecken. Ihre wirkliche Scham, die so profan ist. Da gibt es kein Herumreden, wenn der fette Pint einfach aus dem Hosenschlitz heraushängt und ins Gesicht springt. Unter dem Damm ein kleiner, geteerter Grenzweg, der ab und an von grünen VW-Bussen des Zolls befahren wird. Wozu Zoll? Was gibt es dort zu verzollen? Wer könnte dort vorbei kommen und etwas verzollen wollen oder müssen? Beteiligt sich etwa auch der Westen in Gestalt der Selbständigen Politischen Einheit an allumfassender Desinformation, an der großen Lüge?

Zwischen Grenzweg und Mauer sprießt es auf einem schmalen Streifen noch einmal üppig. Jetzt nähert sich von rechts das Fabrikgelände von Bergmann Borsig mit den auf verrotteten Mauern aufgesetzten Wachtürmen und Stacheldrahtsperren, mit zugemauerten oder primitiv verblendeten Fenstern, undichten, dampfenden Leitungen. Nie sah man einen Arbeiter über die Höfe gehen, einzig eine kleine Dampflokomotive durfte sich anfangs noch rangierend der Mauer nähern. Irgendwann wurden auch ihre Gleise entfernt.

Auf der nördlich von Wilhelmsruh nur noch eingleisigen Strecke erreicht die Bahn nun mit irrwitzigem Singen, Rauschen und Rasseln Endgeschwindigkeit. Weit vor dem Bahnhof Wittenau (Nordbahn) nimmt der Zugführer die Hand vom Fahrschalter, das Singen verstummt. Wie von Gotteshand vorwärts getrieben, rast sie antriebslos weiter. Nur die Schienenstöße trommeln ihren immer gleichen Rhythmus gegen die menschenleeren Waggons, die den ausgeschlagenen Gleisen mit ruckartigen Schlingerbewegungen und wütendem Ächzen antworteten. Von Westen her greifen die Strahlen der fahlen Herbstsonne nach den Wagen, tauchen das helle Holz der Sitze, Trennwände und Haltegriffe in pures Gold. Schwerelosigkeit scheint sich einzustellen. Der Höhepunkt eines Trance-artigen Zustands. Zeit steht still. Allein der Rhythmus der Schienenstöße gibt Hinweis auf ihre fortdauernde Existenz. Und doch nährt der gleichförmige Takt auch die Illusion von Unendlichkeit. Ich spüre das suchtartige Verlangen nach endlosem rasantem Takt mit dem schwebenden Vorbeigleiten an der Welt – an meiner Welt oder auch an irgendeiner Welt.

Manchmal ist es zu anstrengend, meine präzise, kleine Detailwelt bei hoher Geschwindigkeit zu beobachten. Dann will ich lieber, den Blick entfokussiert, unscharf durch unbekanntes Terrain rasen. Hinter den schmutzigen Fenstern verwischt die Vorwärtsbewegung. Einzig seitliches Rucken, rasselndes Singen unter den Rädern, wenn eine Überführung passiert wird, das mit Nachwippen verbundene Passieren von Schienenstößen, deren Trommel-Takt der Wahnsinnsfahrt zugleich Macht und Halt im Diesseits zu verleihen scheint, irrlichternes Flackern, wenn sich Baumgruppen zwischen Sonne und Bahn schieben. Stundenlang könnte ich in Trance weiterfahren, ohne die lästigen Störungen durch Bahnhöfe oder gar Mitreisende. Meine Reisen. Es scheint, als sei die Bahn nur für mich gemacht, allein dazu da, mich zu befördern. Zum totalen Glück fehlt wenig: Die S-Bahngleise sollten verlängert werden bis zur Oma in Bad Kösen und zur Tante nach Erfurt.

Waidmannslust, Treffpunkt mit dem Gegenzug. Hatten die Russen hier das zweite Gleis vergessen oder gnädigst liegen lassen, um einen 20-Minuten-Takt zu ermöglichen? Die beiden Züge gaukeln Betriebsamkeit vor. Wenige Menschen begegnen sich ohne Eile, wie überhaupt das Tempo von Zeit und Realität immer dann zurückgeschraubt zu werden scheint, wenn der Zug seine Eigenbewegung einbüßt. In Hermsdorf schaut man von der ortseinwärts gerichteten Bahnsteigkante auf die Reste des unter wildem Grün hervorlugenden Schotterbetts. Gegenüber ein Güterbahnhof vom Typ Faller: Kleine braune Fachwerkschuppen mit einst akkuraten roten Dächern und Regenrinnen, grünen Zierleisten und kurzen Rampen, wo abgezählte Güterwagen in einer Stillleben-Idylle vor Anker gegangen waren. Hinter dem S-Bahnhof traurige Reste einer weitläufigen Abstellanlage für Verstärkerzüge, die inzwischen vom Spielplan gestrichen sind. Stahl versinkt langsam im Dschungel, Ranken erobern Rangiersignale, die sich wie tote Arme nach Rettern zu recken scheinen, Prellböcke umfunktioniert zu ökologisch wertvollen Blumenkästen, Schwellen, aus denen das Wucherwerk in Beharrlichkeit Reste von Karbolineum und Pestiziden saugt. Nach und nach beginnt sich das junge Dickicht um das einzig noch befahrene Gleis zu gruppieren, bildet schließlich einen Tunnel, durch den sich die Züge hindurch kämpfen, Gasse laufen müssen mit Birkenruten wie beim Alten Fritz. Einmal wartete ich in Hermsdorf auf einen Zug aus Frohnau und vernahm mit Verzücken, dass der Tunnel den Schall vor sich her trieb. Man hörte den Zug kilometerweit, lange bevor er sich zeigte, mit typischer Melodie zu Stakkato-Rhythmen: Indianertrommeln im Busch.

Das letzte Kapitel: Durch die grüne Hölle, die immer wieder nach dem Zug schlägt, so dass man seinen Kopf nicht gefahrlos aus dem Fenster strecken kann, nach Frohnau. Frohnau, die Gartenstadt. 1910 gegründet. Frühe Kapitel von Heimatkunde. Ich habe noch meine Zeichnung vor Augen. Zwei Strichmännchen sitzen auf Strichmännchenstühlen an einem Tisch. Auf dem Tisch liegt ein Sack. Dass der voll Geld ist erkennt man daran, dass einige Goldmünzen neben dem Sack auf dem Tisch liegen. Die Strichmännchen heißen Guido Graf Henckel Fürst von Donnersmarck – der Name fasziniert mich insbesondere wegen des doppelten „ck" – und Werner von Veltheim. Mit dem Geldsack kauft Fürst Guido das Land zwischen den späteren Kullern Hermsdorf und Hohen Neuendorf, macht daraus die Kuller Frohnau, genauer: Gartenstadt Frohnau bei Berlin, und sorgt für den Bau des Donnersmarckplatzes. Auch das benachbarte Hermsdorf war als Hermanns Dorf Thema der Heimatkunde.

Und Zerndorf gab es, ein inzwischen ausgestorbenes Dorf, wie es hieß. Überliefert nur noch durch den Zerndorfer Weg in Frohnau, der unter einer S-Bahnüberführung an der Mauer endet. Ein verschwundenes Dorf beschäftigte in Zusammenhang mit dem heimatkundlichen Thema Pest meine Phantasie. Wind streicht durch ausgestorbene Straßen, Sand und dörrige Kugelpflanzen vor sich hertreibend. Hier quietscht ein halb abgerissenes Reklameschild, dort knarrt die hölzerne Pendeltür eines Saloons im heißen Wind. Erfahrungsgemäß stecken hinter einigen der schwarzen Fensterhöhlen fiese Heckenschützen mit zwei Colts und angeberisch-doppelten Patronengürteln. Die mit den gekreuzten Gürteln waren immer Schurken. Meist noch mit schwarzem Hut und Schnauzbart ausgestattet, sollten sie wohl mexikanisch wirken – das amerikanische Pendant zum hiesigen „Spaghettifresser", später „Kümmeltürken".

Warum tragen eigentlich die Vopos keine Doppelgürtel? Diese Frage drängt sich doch auf. Vielleicht aus Tarngründen? Ich denke: Der moderne Schurke braucht keine zwei Revolver und keine gekreuzten Patronengurte. Er braucht keinen schwarzen Hut, keine klingenden Sporen und keinen Schnauzbart. Er muss auch nicht mexikanisch aussehen. Nur reiten tut er noch immer, zumindest mit den Hosen. Im Heimatkundeunterricht lernten wir: Weißes Kreuz und Strohwisch kennzeichneten die Spuren der Pest. War Zerndorf wirklich der Pest zum Opfer gefallen? Oder vielleicht einem Indianerüberfall? Waren da mexikanische Schurken mit dichten, schwarzen Schnauzbärten beteiligt gewesen, oder doch eher nur der eine Schurke mit dem grauen, runden Spitzbart. Letzteres schien mir am wahrscheinlichsten. Vielleicht gab es dieses Zerndorf ja doch noch, und man durfte nur nicht hin. Der Verlauf des Zerndorfer Wegs deutete es an: Vermutlich lag Zerndorf hinter dem großen Feld, das von Bauern nicht beackert werden durfte. Je mehr ich darüber nachdachte, desto sicherer wurde ich: In Zerndorf zahlte man mit Mark der Deutschen Notenbank, dort herrschten jetzt die Vopos. Dort stinkerten Trabi, Wartburg und Braunkohle um die Wette, und eine Betonpiste mit Rasenmittelstreifen ohne Leitplanken wies 35 Kilometer Entfernung bis „Berlin Hauptstadt der DDR" aus. Ich war mir ganz sicher, denn was Spitzbart und Vopos gemeinsam vermochten, hatte ich an Gesundbrunnen, Nordbahnhof und Bornholmer Straße erlebt.

Der Zug lullert müde der Station entgegen. Allein die Frage, auf welches Gleis er geschickt wird, erzeugt noch ein wenig Spannung. Ein letztes Zischen, das in ermattetem Säuseln ausläuft, und die Vögel übernehmen das akustische Kommando. Noch einmal wird eine Tür aufgerollt, leise Schritte auf kleinen Granitpflastersteinen, der Fahrer schließt seinen Führerstand ab und verschwindet im Häuschen des Bahnhofvorstehers, die olive Pendeltür schaukelt müde quietschend im Wind wie die Saloontür einer verlassenen Goldgräberstadt, Zug und Bahnhof legen sich schlafen. Hinter der Brücke treffen sich die beiden Bahnhofsgleise wieder, um sich in grüner Hölle zu verlieren.

Was für ein Kontrast zu den Zeiten, als morgens Dutzende meist mit hellbraunen, ledernen Aktentaschen bewaffnete Männer ungeduldig auf das Eintreffen des Zuges aus Richtung Norden warteten, als ich mich noch ängstlich hinter meiner Mutter versteckte, die Hände auf die Ohren gepresst, das Eintreffen des Monsters fürchtend, das immer ohne Vorwarnung donnernd und schlangenhaft zischend unter der Brücke hervorraste. Listigerweise war genau unter der Brücke ein Schienenstoß versteckt, der für donnernden Auftritt sorgte. Man hörte und sah den Zug erst in dem Moment heran rasen, als dieser dröhnend auf den Schienenstoß trat. Und schon war die breite rote Front mit dem schwingenden schwarzen Kupplungspenis unter scharfem Zischen vorbei. Noch bevor der Zug stand, wurden Türen aufgerissen. Lässig standen Männer auf den schwarzen Trittbrettern im nachlassenden Fahrtwind, sprangen und federten die Geschwindigkeit mit schnellen Schritten ab. Das wollte ich auch mal können.

G rün ist die weiße Wand. Grün ist die Hölle. Wie anders ist es doch hinter der Wand, wo es weder weiße Farbe noch so sattes Grün gibt, weil alle Vegetation, sobald sie den Kopf aus der Erde steckt, umwabert wird vom feinen Braunkohle- und Zweitaktnebel, den ich immer begierig einsog. Ein Nebelgemisch, das alles mit typischem Grauschleier überzog, selbst Unkraut. Die Mauer schien sich auch als stabile Duftgrenze zu bewähren. Nirgendwo im Westen war dieser typische Geruch wahrzunehmen, nicht einmal in unmittelbarer Nähe der Grenze. Was herüberwaberte, schien beim Grenzübertritt eine Metamorphose, eine unerklärliche chemisch-physikalische Wandlung zu durchlaufen. Die feinsüßliche, in der Nase spürbare Feinstäubigkeit überwand allenthalben bei leichtem Ostwind die Grenze als profaner Dreck. Dabei empfand ich den Geruch von DDR nicht als unangenehm. Für mich symbolisierte und signalisierte er eine Art kindlicher Freiheit, das unerklärliche Eintauchen unter eine Glocke, dessen profaner materieller Dunst gleichzeitig ein – im wahrsten Sinne des Wortes – nebulöses Gemisch aus mythologisierter Vergangenheit, Alter und Verfall darstellte. Irgendwie spürte ich, dass nur Kinder die Erlaubnis hatten, sich dieser Vergangenheit naiv-vorbehaltlos zu nähern. Und dieses Privileg hatten wir auch gegenüber den real gegenwärtigen Schurken. Alter und Verfall von Gebäuden wie von Menschen zogen mich auf magische, unerklärliche Weise an. Und da war das absolut Fremde, das einen mit dem Grenzübertritt umfing. Die DDR – bei den meisten hieß sie „die Ostzone" oder schlicht „die Zone" – war etwas zu unserem Leben völlig Konträres, völlig Fremdes und Unerklärliches. Der Geruch der Dunstglocke kündigte den Start in ein Abenteuer an, den Besuch eines Märchenlandes, wie Eckart Friedrichson frühzeitig – freilich aus ganz anderer Warte – erkannt hatte. Für mich allerdings ein Abenteuer unverbindlicher Art, der Besuch in einem Zoo mit geradezu irrealmartialischen Gestalten und ebensolchen Methoden, jedoch – diese Sicherheit hatte ich bald – ohne eigentliche, echte Konsequenz für mein Leben, das wirkliche Leben außerhalb der Glocke.

Diese Glocke schlug unvermittelt an, sobald man aus den pissgelb gekachelten Kontrollräumen des Bahnhofs Friedrichstraße ins Freie hinaustrat. Eine Glocke im Kopf ließ einen Gong ertönen, wie man ihn etwa von einem Flughafen vor der Durchsage einer Landung oder eines letzten Aufrufes kennt. Ich glaube, nur ich konnte diesen Gong hören. Vielleicht schepperte er sogar ein wenig im Nachhall: Chinesische Oper – ausladende goldene Pagoden, blutroter dicker Vorhang – Gong – die Vorstellung beginnt.

Der Gong stand für die große Wandlung, erklang anfangs unvermittelt und überraschend, bis man die entsprechende Grenzübergangsroutine entwickelt hatte. Allenfalls kündigte sich die Wandlung durch den Duftbruder Lysol an, der in den S-Bahnen auch bei uns ständig über das Linoleum und im Untergeschoss des Bahnhofs Friedrichstraße über den grauen Bahnsteig waberte. Beim Grenzübertritt begann das Irreal-absurde: Erst war man der letzte Dreck, der Klassenfeind, dessen angeborene Bosheit und Tücke sozialistische Friedensliebe und Ruhe störte. Solche Anmaßung von Anwesenheit musste bestraft werden mit Schlangestehen, barschen Kommandos, hektischem Formular-Ausfüllen, misstrauischer Begutachtung von oben bis unten, Kofferdurchwühlen bis hin zur letzten Unterhose, aufschreckendem Stempelknallen, kurzzeitigem Isolieren in einem schmalen Resopal-Kabuff, Versteckspiel der Kontrolleure hinter mäßig verspiegeltem Glas. Zur Ausstattung des Grenzgängers gehörte auch ein sogenanntes Zollformular, grau, aus saugfähig-holzigem Papier mit festen Materialsplittern. Es sah kunstlos aus. Beim Entwurf dieses Formulars hatte urdeutsches Bürokratenwesen nicht gerade seine Sternstunde dokumentiert. Ein paar Linien zum Eintragen von Barmitteln – sie durften ruhig satt sein, denn die *Deemark* war gern gesehen, was aber nicht zu Konzessionen im

Tonfall der Grenzorgane führte. Deklarierung von Geschenken. Die Saugfähigkeit des graupapierenen Holzes ließ Füllereintragungen verlaufen.

Das Papier zeigte: Wir bevorzugen Kugelschreiber! Nicht schriftliche Anweisung: Kugelschreiber dürfen gern nach Gebrauch zur Entlastung der sozialistischen Volkswirtschaft in der Republik verbleiben. Nur grenzfern hinter vorgehaltener Hand eingeräumtes Selbstverständnis: Unsere sozialistische Wirtschaft ist nicht auf die Versorgung der Bevölkerung mit Kugelschreibern ausgerichtet. Schließlich der „Behelfsmäßige" (West-) Berliner Personalausweis – komme ja kein Bewohner der Selbständigen Politischen Einheit mit einem Reisepass der *BäErrDäh* ! Nervös, mit zittrigen Händen fingerten grau- bis schwarz-gewandete Omas – durchweg mit Hüten – durch ihre Handtaschen, ließen Zettel fallen. Ein flauer Magen war das Mindeste. Alte Frauen waren die willigsten Opfer der Vopos: Man konnte sie warten lassen, man konnte sie anherrschen, man konnte sie ihre eigenen Sachen durchwühlen lassen, sie anschließend in einer Packtisch-Sackgasse abstellen, damit sie ihre Habe irgendwie wieder zusammenramschten, während man sich bereits dem nächsten Opfer widmete. Man konnte sie leicht aus der Fassung bringen und musste dabei höchstens leisen Protest befürchten. Die Opfer waren immer nur alte Frauen, keine Männer. Alte Männer fuhren nicht in die DDR. Sie waren schon tot. Wie fühlten sie sich stark, die jungen Vopos hinter ihrem Spiegelglas angesichts dieser nie abebbenden Welle alter Frauen? Sahen sie in ihnen die beschworenen Klassenfeinde? Bemerkten sie die zittrigen Hände? War dieses Zittern ein Schuldeingeständnis? Und wie fühlten sich neben den jungen Grüngrau-Uniformierten die Stasi-Aufpasser mittleren Alters mit ihren dunklen Sonnenbrillen, wabbeligen Goldbroiler-Gesichtern und schmierigem Wollankstraßen-Haar – ein Einheitstyp irgendwo zwischen Mielke und Guillaume, der bisweilen unbemerkt aus nicht vorhandenen Seitentüren eintrat. Türen, die man erst sah, wenn man unmittelbar davor stand; Türen mit Deutrans-Schildern („Nur für Personal"), hinter denen keine Speditions-Expedienten saßen.

Und schließlich, nach Wochen von Lauferei, Schlangestehen, schier endlosem Warten in einer außen und innen auf die DDR vorbereitenden Containerbude mit dem Porträt des Ersten Sekretärs im Rücken der Antragsbearbeiter und der finalen Schikane im Bahnhof Friedrichstraße: das Ergebnis eines deutschen Behördenvorganges vom Antrag auf einen Berechtigungsschein, über den Robotronschrift-Wisch, genannt „Berechtigungsschein zum Empfang eines Visums", bis zu einem kunstlosen kleinen Blatt mit Ährenkranz, Hammer und Zirkel unter meist unleserlichen Stempeln – dem Visum zur ein- oder mehrfachen Einreise in die Deutsche Demokratische Republik – der Eintrittskarte, der noch ein Stoß weiterer Formularblättchen wie Ein- und Ausreisekarte, Zoll- und Devisenerklärung oder Zählkarte zum gefälligen Ausfüllen beigefügt war.

Mit dem Öffnen der Schwingtür ins Freie aber wurden die wahren Verhältnisse sofort wiederhergestellt. Man lief durch einen Kordon von Menschen. Vorgeblich farbig bemalte Absperrgitter, teilweise angerostet und überzogen von dem alles überziehenden DDR-Totenhemd-Grauschleier, zogen die Gasse. Ein Spalier von Menschen, das jedes Mal in Bewegung geriet, sobald sich die nur von innen zu öffnende Klapptür im grenzübergreifenden S-Bahn-Oliv mit abgewetztem, grob-hölzernen Schräggriff in halber Höhe auftat und der Prozedur entkommene Menschen entließ. Kein Gefühl der Angst mehr, nein, ein Gefühl plötzlicher und unerwarteter Bedeutung überfiel die Gassenläufer. Ja, wir waren so bedeutend, dass Menschengruppen uns erwarteten, dass wir neugierig beäugt wurden wie Tiere im Zoo.

Dabei war es doch in der Realität genau anders herum. Wir hielten als Gäste Hof, und die Menschen hinter den Absperrgittern waren die exotischen Tiere. Bisweilen ertappte ich mich beim Gasselaufen im Schatten meiner Mutter dabei, dass sich die Hände zu huldvollem Gruße erheben wollten. Drei Versionen hätten sich zu solcher Gelegenheit angeboten: Die Hände im 90-Grad-Winkel ineinander gelegt (im Gegensatz zum eher längsgerichteten Handschlag der SED-Zwangsvereinigung) mit siegesstrahlendem Bodybuilder-Schwunghammer abwechselnd nach rechts und links geschüttelt, wie die abtropfende Sprengwedel-Hantierung eines katholischen Priesters; oder leichtes royales Rotierenlassen der offenen Handflächen abwechselnd links und rechts aus dem offenen

Rolls-Royce heraus; schließlich als dritte Version das v-förmige Zueinanderschwenken der offenen Handflächen vor dem Körper nach päpstlichem Gusto. Mit dieser Empfangsmethode hatte der Spitzbart einen Kardinalfehler begangen. Das Aufgehen der Tür verteilte die Rollen für alle Zeit – hier kommen die Herrenmenschen, dort steht das niedere, huldvoll besuchte VEB-, SED-, DDR-Volk – die *Wärgdädschn, die Orwaidor un Baorn.* Beifallklatschen des Spaliers hätte da kaum verwundert.

Bahnhof Friedrichstraße. Immer fand ich mich wieder am Bahnhof Friedrichstraße. Immer wieder öffnete ich jene olivgraue Klapptür. Es war wie ein Schauspiel von tausend Vorstellungen, wie Traum und Alptraum, ein stehendes und beständiges Bild, ein letzter Blick auf die erleuchtete Leinwand nach dem Filmriss. Die Grenze, der Übergang – das war der Bahnhof Friedrichstraße, nichts anderes. Es schien mir, als gäbe es in ganz Berlin, in ganz Deutschland, in der Welt nur diesen einen Grenzübergang. Bahnhof Friedrichstraße. Das Bild der gelben Kachelwände wollte nicht weichen. Irgendwie waren sie das Eindrucksvollste an diesem Bahnhof. Der schwarzgraue, raue Bahnsteigbelag mit funkelnden Einsprengseln. Wie Schiffe am

Kai ihrer Bestimmung lagen die ocker-roten Züge bewegungslos an den Bahnsteigkanten und spuckten Mengen an Mitfahrern aus wie sonst höchstens am Bahnhof Zoo. Die breite, ebenso schwarzgraue Treppe führte hinauf zu dem schmalen Gang, der immer zugig war. Menschentrauben schoben sich hindurch mit Gesichtern, die schwarzgrau gewesen wären, wären sie nicht von toten Leuchtstofflampen bleichviolett und bisweilen flackernd getüncht worden. Sie hasteten, kniffen Lippen zusammen, eilten von der U 6 zur S-Bahn oder umgekehrt, auffallend wortkarg, die Meisten, um dem zugig-grauen, feindlichen Labyrinth schnell zu entkommen. Schafft doch das Bonner Pack her, damit es sich den Schlamassel mal ansehen kann, wie wir hier unten rumkrauchen in unserer eigenen Stadt, und oben die Vopos marschieren. Wenn's hier mal brennt, verrecken wir alle im Tunnel zwischen Nordbahn und U 6. Oder glaubt ihr, die machen spontan und unbürokratisch eine neue *Gränsüwrgongßschdälle* auf? Hier gibt's ein paar Quadratmeter echten Berlins, da helfen keine rheinischen Beschwörungsformeln. Ob der Kerl aus Rhöndorf von *ßoffchets* faselt oder der Pankower über seine *Wärgdädschn* schwadroniert – egal: die kannste beide *uffn* Mond schießen, mit Wostok oder Gemini.

Irgendwann installierten sie für den Intershop einen Materiallift am nördlichen Treppenaufgang des Nord-Süd-Bahnsteiges. Auf den ersten Blick sah die Konstruktion eher nach einem schräg am Treppengeländer montierten Heizkörper aus. Ich hielt das Gebilde für einen Behindertenaufzug, bis ich eines Tages zwei Damen in ihren blassblauen Perlonkitteln bei dem Versuch, Zigaretten- und Spirituosenkartons über die Treppe zu transportieren, daran hantieren sah. Intershop-Kioske standen auf praktisch jedem Bahnsteig jeder Ebene des Bahnhofes Friedrichstraße, mit Ausnahme des Bahnsteigs C. Das Verkaufspersonal bestand aus Frauen jeden Alters, die alternativ dicklich oder dürr-ausgezehrt, meist aber so blässlich wie ihre Kittel wirkten, was möglicherweise auf die Leuchtstoffröhren-Beleuchtung zurückzuführen war. Die Kittel kannte ich schon aus Erfurt, wo man sie *baim Gonnsumm* ebenso fand wie *bai dr Haa-Ooh* oder im Exquisit-Laden. Gold-Dollar, billiger Gin mit schwimmenden goldigen Splittern, bei Pennern beliebt, Scharlachberg und Hammer Jubelbrand für den Jubelgreis, Zigaretten als Stangen- und Schachtelware. Fahlgraue Menschen bildeten geduldig Schlangen, während sich in ihren Rücken Schwarze im Halbkreis aufstellten und gemäß den Anweisungen eines weißen Vorsängers „*Asil*" chorten. Nach der großen Renovierung präsentierte sich der unterirdische Bahnsteig der Nord-Süd-Bahn als neues Tor zur *Haobdschdodd* mit weiß-grün gestreifter Emaille-Verblendung, mit rötlich gefliesten Verkaufsständen, vergleichsweise schrillen Werbetafeln, mit Dutzenden von Kameras an der Tunneldecke und einer in einen Pfeiler eingelassenen, beleuchteten Buntglasscheibe mit dem DDR-Emblem und der Aufschrift „Berlin Hauptstadt der DDR" – ganzer Stolz der Bahnhofsbetreiber.

Dieser Ansicht ging immer eine spannende Fahrt voraus, vorbei an der „Mittelfristigen Finanzplanung", unter der ebenso grauen wie imposanten Millionenbrücke hindurch. Dann der rhythmische Luftdruck-Widerhall der bogenverzierten Backstein-Stützwand vor dem Humboldthain, die mit der anschließenden Stille einer toten Station kontrastierte. Vogelzwitschern ersetzte das geschäftige Aufreißen von Türen. Selten nur Publikum für den Zugabfertiger. Kurz dahinter zeigten Parallelgleise, dass hier nicht immer nur Melancholie geherrscht haben konnte. Ein Block verrosteter Kastenbrücken überspannte Garten- und Liesenstraße, wo man von der Realität überfallen wurde. Der Antifaschistische Schutzwall machte einen scharfen Knick um den Friedhof der Französischen Gemeinde, mit dem nicht mehr wandernden Theodor Fontane und seiner Frau Emilie.

Sie waren nun eingebürgert, und das hatte nichts mit dem Gegenstand des berühmtesten Dichterwerkes zu tun. Denn die Mark war zu einer in Klammern gesetzten abgenabelten Kuller verkommen, zu Spitzbarts Kernland, wo sich seine Genossen und er an Fontanes Wanderstrecke häuslich eingerichtet hatten, um das Land der Quitzows und des Herrn von Ribbeck nach und nach zum Sächseln zu konvertieren. Außer bewaffneten Organen durfte niemand mehr Fontane besuchen. Später sollte es für verdiente Genossen auch mal eine Ausnahmegenehmigung geben. Das Ehepaar hatte alle Freiheiten. Fontanes Werke durften jederzeit auf Lesungen, Vorträgen, Buchmessen und Kongressen ohne bürokratischen Aufwand im nichtsozialistischen Ausland verbreitet werden. Hätte sich Fontane letztlich doch als undankbar erwiesen und einen Ausreiseantrag gestellt, um von den DDR-Bestsellerlisten gestrichen zu werden?

Links hinterlassen die *Orwaidor un Baorn* ein terrassiertes Gewirr Unkraut überwucherter Abstellgleise. Mit zunehmender Geschwindigkeit fällt die Bahn in den Keller. Wie der Wasserspiegel eines sinkenden Schiffes steigt das Grabstein- und Gleiselend rechts und links. Vor lauter Scham scheint der Zugführer zu beschleunigen. Die ersten Tunnelbögen künden sich mit lautem Widerhall an, und die Bahn wird verschluckt. Auf schiefer Ebene rollt sie weiter mit hoher Geschwindigkeit, dann tauchen plötzlich von rötlichen Bändern eingefasste, ehemals weiße Pfeiler auf den Bahnsteigen des Nordbahnhofs auf, von wenigen teilweise schon blinden Leuchtstofflampen nur schemenhaft beleuchtet. Soll man seine Augen vielleicht hier schon an kommendes DDR-Einheitsgrau adaptieren?

Der Zug nimmt erneut Fahrt auf. Das Singen wird immer höher und scheint sich fast überschlagen zu wollen. Jetzt legt sich die Bahn in eine langgezogene Rechtskurve. Räder drohen zu verkanten, der Wagenkasten ächzt und stöhnt. Mit irrer Geschwindigkeit und ruckartigem Schrammen der Spurkränze gegen die Schienen setzt der Zug seine Fahrt fort. Die offenen Fenster lassen ohrenbetäubenden Lärm eindringen. Die Wagenbeleuchtung verlischt, Notlichter flackern auf. Man ist allein, ganz allein in einer dunklen Kammer, in die von außen in unregelmäßigen Abständen Irrlichter hineinflackern. Jetzt schiebt sich wieder eine Kulisse vor die Fenster. In der Kurve fliegt Orangenes vorbei. Mit Mühe erhascht man den Stationsnamen Oranienburger Straße in skuril-altdeutscher Frakturschrift. Zwei Uniformierte halten respektvollen Abstand zur toll gewordenen Bahn auf ihrer wahnwitzigen Fahrt. Es folgt eine Gerade, und die Szenerie scheint sich zu beruhigen. Ich presse meine Nase an ein Fenster auf der linken Seite, denn gleich folgt eine Linkskurve, und davor sieht man unten voraus eine Bahnsteigkante des Bahnhofs Friedrichstraße. Glücksgefühle steigen in mir auf, wenn ich die beiden Scheinwerfer eines Gegenzuges entdecke. Die Unterbrechung der Geisterbahnfahrt kündigt sich an. Jetzt hat der Zug die Linkskurve erreicht und fällt noch eine Stufe tiefer in den Keller. Noch bevor die Kulisse erreicht ist, fängt der Zug mit angestrengtem und giftigem Zischen an zu bremsen. Immer schien mein S-Bahnschaufenster genau vor dem propagandistischen Buntglas zu halten als lebendigstem Spott auf dem ganzen Bahnhof. Für mich das Signal zum Aussteigen.

Der Bahnhof Friedrichstraße, das war die Allenby-Brücke zwischen dem besetzten Westjordanland und Jordanien, der Übergang zwischen West- und Ost-Jerusalem, zwischen Nord- und Südkorea, Nord- und Süd-Vietnam, Orient und Okzident. Bahnhof Friedrichstraße überspannte den Bosporus. Bahnhof Friedrichstraße bildete die Grenze zwischen Innerer- und

Äußerer Mongolei. Es musste hindurch, wer von den USA nach Mexiko wollte. Synonym für Berlin, für Deutschland, für jegliche Grenzerfahrung und Teilung, für die Teilung der Welt. Dabei: Nirgends am Bahnhof Friedrichstraße gab es eine Steinmauer, nur die kurze, beinahe unauffällige Metallwand. Er war tief drinnen in Feindesland, tief drinnen bei den Kommunisten, bei den Reiterhosen, bei den Uniformierten, den Vopos. Und doch hatten sie nicht alles ausgelöscht - nicht gekonnt oder nicht gewollt. Denn vor dem Bahnhof stand noch immer das windschiefe Straßenschild mit der Aufschrift „Reichstagsufer". Und wenn man in die Richtung blickte, in die das Schild wies, sah man das obere Drittel des schweren Monolithen hinter der Mauer. Aber was sollte dieses Land für mich anderes sein als Feindesland, in dem Oma, Onkel und Tante gefangen waren? Was sollte es sein, als ein Panoptikum von Grau, von Zerfall und Bedrückung? Wer zum Bahnhof Friedrichstraße gelangte, war entweder unter der Mauer hindurch- oder über sie hinweg gefahren.

Eines Tages fuhr ich zusammen mit einer Gruppe junger Holländer oder Belgier. Als die Bahn den Lehrter Stadtbahnhof auf dem Viadukt verließ, stählern-rumpelnd über die Nordhafenbrücke beschleunigte, sahen sie sie: Völlig überrascht sprangen sie auf und riefen etwas, was sich wie *„de Mür"* anhörte. Warum seid ihr überrascht? Was glaubt ihr eigentlich, wo ihr hier seid? Was macht ihr da eigentlich für einen Ausflug? Seid ihr vielleicht mit ein paar Blauhemden an der Weltzeituhr verabredet? Seid ihr die Junge Internationale auf Betriebsausflug oder Abenteuerurlaub? Glaubt ihr vielleicht, diese schmale Wand mit der Hamsterrolle obendrauf und dem breiten, säuberlich geharkten, unkrautfreien Streifen dahinter sei ein Spielzeug? Ein Erlebnispark? Wo man mit der Erlebnis-Achterbahn drüberweg fährt, einfährt in den Zoo mit einem hohen Gitter drum herum, damit sich niemand am Kassenhäuschen vorbeischmuggelt, und die wilden Tiere nicht ausbrechen können? Wo sich für Sekunden Staunen in euren Mundwinkeln zeigt? Wo ihr Minolta und Canon zückt, klick-klick macht, euch wieder hinsetzt und weiterredet über die Fußballergebnisse vom Wochenende? Oder die tolle Partie, die ihr zusammen mit den jungen Blauen auf der Pionierinsel veranstalten wollt? Und nachher auf dem gleichen Wege zurück – einmal aussteigen in Friedrichstraße, um das Gebäude herum, durch den Tränenpalast, wo man euch sehr höflich behandeln wird, weil ihr ja die junge Garde aus befreundetem nichtsozialistischen Ausland seid. Dann wieder rein in den Bahnhof, wieder nach oben ins Obergeschoss, auf die S-Bahn warten, einsteigen und in Richtung Westen zurückfahren.

Dann werdet ihr mächtig stolz auf euch sein. Ihr werdet euch auf die Schultern klopfen ob eurer Offenheit und Toleranz. Und eigentlich sind die ja gar nicht so. Man konnte doch toll mit ihnen reden. Und man konnte sich ganz frei bewegen. Und das ist doch alles Propaganda von denen, die ja die wirklichen Nachfahren sind von den bösen Deutschen, vielleicht sogar noch dieselben. Denn die anderen haben ja mit der Vergangenheit gebrochen. Und die sind gar nicht so. Da fahren wir bestimmt noch mal hin. Weil ja auch alles so billig ist. Und mit Westgeld kommt man überall rein. Und dann kann man auch seine blauen Freunde mitnehmen. Die fanden das ganz toll in der Disco. Und Bücher sind billig, nicht nur Marx und Engels. Aber die auch, die kann man ja bei uns kaum bezahlen. Lizenzfreie Klassiker. Und tolle sowjetische Autoren, und polnische Autoren und bulgarische Autoren und rumänische Autoren und kubanische Autoren ... Die kriegt man bei uns ja nicht. Und im Haus des Lehrers schnell mal was einpfeifen, vielleicht ein Hawaii-Schnitzel für vier Mark neunundvierzig – Preisstufe S. Mächtig einen draufmachen, den Krösus spielen. Sozial sind die ja. Krippen- und Arbeitsplätze für alle. Und mit der Straßenbahn für 15 Pfennig. Fragt denn einer von euch bescheuerten Touristen mal seinen Nachbarn in der S-Bahn, der reglos durch die dreckigen Scheiben stiert, weil man gar nicht anders kann, als reglos durch die dreckigen Scheiben zu stieren?

„He, du! Warum stierst du reglos durch die dreckige Scheibe? Bist du von hier? Bist du aus West-Berlin? Was denkst du, wenn du hier rausschaust? Was fühlst du?"

Nein, sie fragen nicht. Sie fahren wieder rüber. Sie haben es sich fest vorgenommen. Irgendwann mal, wenn sie ein paar Tage frei haben. Vielleicht nächstes Jahr, oder übernächstes. Aber immer noch besser als unsere eigenen Touristen, die uns an der Gedächtniskirche wie exotische Tiere im Zoo angucken; die den Bahnhof Zoo meiden, weil da die Penner rumstreunen, düstergesichtige Dealer hinter den Pfeilern lauern, entkräftete Fixer auf dem Boden des Klo-Kabuffs in ihrem Schleim vegetieren, und nicht nur dort. Weil dort Ordnung fehlt, Deutschland abwesend zu sein scheint, weil es keine Blumenkästen oder Gartenzwerge gibt, weil nicht fein gejätet und geharkt ist wie auf einem gewissen Streifen. Weil dort kein Wettbewerb „Mein Dorf soll schöner werden" stattfindet, keine Eiche rustikal und keine Häkeldeckchen. Frau Sommer nicht den Tisch deckt. Dröhnung statt Krönung.

Unsere Kudamm-Touristen gehen nicht ins Haus des Lehrers, weil sie schon Gänsehaut kriegen, wenn sie die Mauer nur von weitem sehen. Sie spielen lieber auf dem Kudamm den dicken Max, womöglich noch mit Gamsbarthut und Lederhosen. Dort, wo sie in Gruppen auftreten, aus den Touristenbussen quillen, grölend und deutschlandfahnenschwingend gen Olympiastadion ziehen – auf dem Kudamm: dort entstand der Begriff des „Wessis". Für Herrn und Frau Sommer, für Gamsbart und Häkeldeckler, für Vorgartenzwerge und rustikale Eiche. Bespöttelt, umkurvt, aber doch noch irgendwo be- und geachtet. Denn die echten Feinde aus dem Westen, die Objekte von Zorn und Hass, das waren diejenigen, die nicht kamen. Die nie kamen. Die man nur in ihrem eigenen Vorgarten bei der Arbeit erwischte. Die Pensionswirte aus dem Bayerischen Wald, die das „B" auf dem Nummernschild misstrauisch beäugten und zu ergründen suchten, ob man denn aus West- oder Ost-Berlin käme. Kein Wort gegen den Bayerischen

Wald. Das hätte einem überall in Wessi-Land passieren können. Die wirklichen Feinde: Das waren westdeutsche Verwandte, die ihren Wohnsitz scheinbar mitfühlend zum Erwerb eines kleinen, grünen Adlerbüchleins mit festem Einband als begehrte Eintrittskarte zur Verfügung stellen und sich dann bei der fälligen Verlängerung verleugnen und über Dritte wissen ließen, man sei verstimmt, weil von der letzten Reise keine lieben Urlaubskartengrüße übermittelt worden seien. Ja, es muss doch mal heraus: Der Kerl, der sich selbst gewählt hatte, der energisch, fast martialisch klang, wenn er von *ßoffchets* faselte, aber die Hosen voll hatte, als die *ßoffchets* ihren Spitzbart von der Leine ließen, um dann noch die Dreistigkeit zu besitzen, sich neben dem jungen Helden und dem mit der Locke im offenen Wagen feiern zu lassen – meine Mutter stand mit mir an einem heißen Juni-Vormittag stundenlang in der Scharnweberstraße, bevor ich zwischen winkenden Armen einen kurzen Blick auf das im vorbeihuschenden Cabrio sitzende unpassende Trio ergatterte. Der gehört noch als angeblich große historische Figur weit hinter den Mond geschossen. Auf mich wirkte er genauso vertrocknet, bieder, zerknittert wie die Nenntante aus dem niedersächsischen Kaff, die ich nur widerwillig Tante nannte, noch bevor sie uns die Eintrittskarten zu Oma und Tante Mariechen verweigerte. Züchteten beide Rosen? Beteiligten sie sich am Wettbewerb „Mein Dorf soll schöner werden"? Stellten sie beide zur Straße hin unkrautfreie Blumenkästen vor die Fenster? Entzündeten beide als wohlfeile Gewissensberuhigung zu Weihnachten Kerzen für die Brüder und Schwestern, die wir zwischen der Mauer nicht –

und die Brüder und Schwestern hinter der Mauer erst recht nicht – sehen konnten? Was gehört alles rein in Jules Verne West-Berliner Mondkanone? Trickreiche Wühler und Intriganten, selbstsüchtige Volksvertreter („Mir wird nichts mangeln!"), Chamäleons und Lügner, die nicht mal rot werden, wenn man sie auf frischer Tat ertappt. Viele boten sich in der Folge als Munition an, von Hermann Neuberger, bis Kardinal Meisner, von Oskar Lafontaine bis Ingrid Matthäus-Maier. Als zusätzliche Treibladung stopfen wir noch eine Prise Neid, pfundweise Verantwortungslosigkeit, reichlich Dummheit, auch eine Suppenkelle voll Hans-Daniels-Dreistigkeit („Darf's ein Viertelpfund mehr sein?") und einen Esslöffel Rainer-Barzel-Schmiere darunter, damit alles besser rutscht.

Sseier hieß eigentlich Sigurd: „Er siegt und gürtet den Sieg ein", erklärte er mir einmal seinen Namen. Dazu bewegte er die nach innen gebogenen Unterarme vor seinem Bauch hin und her, was wohl eine „gürtende" Bewegung ausdrücken sollte. Ich konnte mir nur ungefähr vorstellen was es bedeutete, einen Sieg einzugürten. Jedenfalls hatte ich seinen Schwitzkasten gelegentlich zu spüren bekommen. Sseiers Robustheit faszinierte mich. Er war kleiner als ich aber viel kräftiger, konnte gut raufen. Ich hasste Raufen und sah zu, mich nicht mit ihm anzulegen. Sein Vater war ebenfalls recht klein, dafür breit und trug eine Igel-Frisur. Die Mutter, Hella, schmal und zierlich, wirkte irgendwie immer fahrig-nervös. Ich mochte sie nicht weil ich spürte, dass sie mich nicht mochte. Sie soll einmal erklärt haben, ich hätte einen schlechten Einfluss auf ihren Sohn. Genau das behauptete meine Mutter von *Sseier* auch. Bei *Sseier* gab es noch den wöchentlichen Baderitus. Sie hatten ein altertümlichen Badeofen auf gusseisernen Füßen, der oben in einen länglich-schmalen Wasserbehälter überging. Der Ofen musste mit Kohle oder Holz gefüttert werden. *Sseier* und ich waren fast jeden Tag zusammen. Oft fuhren wir S-Bahn, übten im leeren Lastenabteil affenartiges Schwingen an den Haltestangen. Manchmal war Marwis dabei, ein älterer Junge aus der Nachbarschaft, selten Uwe und Jockel. Wir begannen, alles zu veranglisieren. Deshalb hieß Jockel bald *Djschukl*, weil wir das für Englisch hielten. *Djschukl* ging später zur Reichsbahn. Ich sah ihn gelegentlich als einsamen Zugabfertiger auf dem Bahnsteig von Wilhelmsruh, die blau-rote Mütze auf dem Kopf, mit dem Sprechfunkgerät bewaffnet. Marwis mochte ich nicht. Ich hielt ihn für brutal. Marwis war derjenige, der sich als erster von uns während der Fahrt auf das Trittbrett stellte und zum Beweis seines Mutes die Tür von außen schloss. Als wir einmal nur so zum Spaß die Tür zuhielten, hangelte er einfach zum nächsten Fenster und kletterte dort wieder herein. Da war er natürlich der Held. Das Stehen auf dem Trittbrett während der Fahrt wurde zur Mutprobe der Clique. Nur wer sie bestand, gehörte dazu und durfte mitmachen, lautete das ungeschriebene Gesetz. Ich traute mich allerdings nicht, die Tür dabei zu schließen, weil ich Angst hatte, die anderen würden sie dann zuhalten. Möglich war dieser Nervenkitzel natürlich nur an uneinsichtigen Stellen weit entfernt von Bahnhöfen, am besten auf längeren eingleisigen Streckenabschnitten, die im Einschnitt verliefen oder durch dichtes Randgrün von der Außenwelt abgeschottet waren. Aber das traf auf mindestens die Hälfte des gesamten West-Berliner S-Bahnnetzes zu. Weitere Freizeitbeschäftigungen waren Herumstreunen, Fußballspielen und das Forschen nach ersten dunklen Sackhaaren. Jeder Fussel wurde stolz präsentiert. Doch jenseits irgendwelcher Fussel faszinierte uns eigentlich nur eines: der Beat. Es waren die ersten Jahre von Beatles und Rolling Stones; auch die kurze Zeit von Sam The Sham & The Pharaohs – „Wooly Bully" meine erste Schallplatte. Für uns die dynamischste Musik, die wir uns vorstellen konnten. Die Rillen der Platte waren bald genau so ausgeschlagen wie die Gleise der Berliner S-Bahn. Wir übersetzten „Wooly Bully" mit „volle Pulle". Was für eine Enttäuschung, als mein Vater eine andere Übersetzung lieferte: „Matty erzählte Hatty von einem Ding, das sie gesehen hatte; es hatte zwei große Hörner und einen wollenen Kiefer - wollener Bulle, wollener Bulle ..." Irgendwie fühlten wir uns betrogen, wir dachten: „Was für ein Scheiß". Aber niemand gab es zu. Wollener Bulle war bei uns dann schnell weg vom Fenster, zumal von Sam The Sham nichts mehr kam. Einmal noch las ich von Sam The Sham in der

Bravo. Da war ein Foto der Band vor einem amerikanischen Straßenkreuzer zu sehen. In der Bildunterschrift hieß es, die Band hätte sich von den Wooly-Bully-Einnahmen ein stattliches „Wüstenschiff" leisten können. Doch seit „Satisfaction" hieß unser Idol Mick Jagger. Der hatte nach Meinung der Eltern auf jeden Fall einen schlechten Einfluss auf uns. Aber erst mal wussten sie gar nicht, wer Mick Jagger war, während wir uns nach allem von ihm rissen: seiner Musik, Fotos, Berichten. Zweimal in der Woche eine Stunde „Beat" im Radio, noch viel seltener mal ein Bericht im Fernsehen, das war schon alles, was wir kriegen konnten. Dabei war Mick in unserem Denken ständig präsent. Es bildeten sich Gruppen an der Schule, Kampfgruppen der Beat-Klasse, sozusagen. Stones gegen Beatles. Die Beatles-Anhänger, das waren für mich die lieben netten Bürgersöhnchen, die Schleimer und Streber. Die Stones standen für Lautstärke, Rohheit und Anarchismus, für Revolution und Auflehnung gegen die Eltern. Nicht, dass wir in intellektuellen Zirkeln hochtrabende Dispute zu diesem Thema geführt hätten. Es war nur so ein Gefühl. Mick Jagger brachte uns Freiheit. Mick Jagger gehörte uns allein. Er war etwas, worüber die Eltern nicht Bescheid wussten. Nein, sie hatten gar keine Ahnung von ihm, konnten nicht mitreden. Mick Jagger war unsere Geheimsprache. Der Beat, die neue Musik, war unsere Geheimsprache. Eine Zeit lang kaufte ich mir die Bravo bis ich merkte, dass die Bravo-Schreiber Mick Jagger offensichtlich auch nicht mochten. Die mochten eher Drafi, bis zu seinem Balkon-Vorfall. Bei uns hieß er dann nur noch

„Schwein Drafi". Sogar meine Mutter hatte das mit-
gekriegt und amüsierte sich darüber. Mit den Beat-
les-Anhängern wurde hitzig darüber gestritten, welche Band die bessere Musik machte. Wer konnte was
besser, wer hatte die besseren Soli drauf, wer konnte
besser Schlagzeug spielen, welche Kompositionen
hatten die höhere Qualität, welche Texte mehr Tief-
gang? Man stand sich aggressiv bis unversöhnlich
gegenüber, war verfeindet und war sich sicher, dass
es zwischen den beiden Bands ähnlich stünde. Ein
Superlativ immerhin war unbestritten: Die Stones
waren die härteste Band der Welt. Und nach „As
Tears Go By" wurde im Stones-Lager stolz darauf
verwiesen, dass sie auch in der Lage waren, ein sanf-
tes Stück zu komponieren. Eines Tages zeigte der
Beat-Club eine Szene, die mein musikalisches Welt-
bild kurzzeitig ins Wanken brachte: Es war ein Filmbericht von einem Beat-Konzert in England. Eine
riesige Bühne – die Band verlor sich darauf – mit
kreischender, tobend-brodelnder Masse davor. Ein
Mann mit einer kleinen weißen Gitarre, der Sänger
mit durchdringend-flehender Stimme, dazu ein
knallharter Bass. Die modernen Sirenen – ich war
wie hypnotisiert: „The Spencer Davis Group" mit
„Keep On Running" – der Orgasmus des Beats. Vergeblich warteten wir monatelang auf weitere Hits.
Und als die nicht kamen, gerieten Steve Winwood
und seine Group bei uns langsam wieder in Verges-
senheit. Sie hatten es in der Hand gehabt. Sie hätten
bei einer ganzen Generation zur Nummer eins werden können. Aber sie haben die Chance verpasst. Ihr
Superhit „Keep on Running" blieb unsterblich, aber

die Stones die alleinigen, die unumschränkten Herrscher, Idole unseres Beat-Horizonts. Alles andere war – zum Teil – nettes Beiwerk, das man sich anhörte. Doch unser Olymp umfasste nur fünf. Verzückt sah ich eines Abends einen kurzen Filmbericht im dritten Programm, in dem Mick auf einer Probenbühne spielerisch leicht mit einem Mikrophon jonglierte: Er warf das Mikro mit unvorstellbarer Schnelligkeit von einer in die andere Hand, ohne es festzuhalten oder fallenzulassen. Eine Heldentat. Jemand, der so mit einem Mikrophon umgehen konnte, war zu allem fähig. Für uns war ein Mikro ein äußerst wertvolles Gerät, versuchten wir uns doch selbst – Uwe, *Sseier* und ich – als Schüler-Band. *Sseier* hatte als Erster eine eigene Gitarre, bekam dazu später ein Pickup mit dem entsprechenden elektrischen Anschluss, den sein Vater an die Gitarre montierte, und sogar einen Verstärker für den Anschluss von zwei elektrischen Gitarren. Damit war *Sseier* natürlich der „King". *Sseier* übte sogar, konnte vielleicht ein Dutzend Griffe, selbst Barrégriffe. Ich musste erst lange um eine Gitarre kämpfen. Zu Weihnachten schenkten mir meine Eltern eine Konzertgitarre. Was für eine Enttäuschung. Damit konnte man doch nicht in einer Beatband auftreten! Irgendwie nahmen meine Eltern die Sache auf eine andere Art ernst: Sie schickten mich zum Gitarrenunterricht in die Volkshochschule. Der Lehrer nahm die Sache ebenfalls ernst, empfahl mir schließlich entnervt aufzuhören, weil ich nie die „Hausaufgaben" machte. Ich konnte immerhin die Gitarre stimmen und kannte vielleicht ein drei bis fünf Griffe. Ich nervte meine Eltern so lange, bis sie mir in einem Kaufhaus an der Wilmersdorfer Straße eine E-Gitarre kauften. Sie sah genau so aus, wie man sich eine Beatgitarre vorstellte – türkis-blauer, metallisch-glitzernder Vollkörper mit geschwungenem „Horn", an dem der lässig zu tragende Gurt befestigt wurde. Mit den Spielkünsten war es nicht weit her, aber von nun an konnte – und durfte – ich mich auch an *Sseiers* Verstärker stöpseln. Uwe besaß eine ziemlich komplette „Schießbude" und den Keller zum Üben. Uwes Vater hatte die Wände eigens mit Eierkartons tapeziert. Ich stellte noch ein hässlich-eckiges Mikrophon vom Tonbandgerät meines Vaters zur Verfügung, das wir an ein altes Röhrenradio anschlossen. Das war unsere zusammengestoppelte „Anlage", der wir ebensolche Töne entlockten. Das Repertoire reichte von „My Baby Baby Balla Balla" bis „Wild Thing", jeweils um kompliziertere Soli gekürzt – Musik und Texte lautmalerisch vom Hörensagen. Das störte nicht weiter, denn bei dieser Art von Musik kam es sowieso darauf an, für die Zuhörer möglichst unverständlich zu singen. Mal abgesehen von den Refrains der großen Hits, die auch der letzte musikalische Hinterwäldler kannte. Immer Mick Jagger und die Stones im Hinterkopf, spielten wir eigentlich nur Schrott, was uns gelegentlich auch von Klassenkameraden attestiert wurde (meist jenen aus dem Beatles-Lager). Solche Kritik wurde natürlich vehement zurückgewiesen und schon aus ideologischen Gründen abgetan. Insgeheim mussten wir uns dennoch gewisse handwerkliche Unzulänglichkeiten eingestehen. Zu gern hätten wir „Satisfaction" in unser Repertoire aufgenommen. Ein Fan brachte uns eines Tages sogar den vermeintlichen Text von „Satisfaction" – ein Vater hatte seine akustische Mitschrift für uns auf einem Zettel notiert. Schon vorher waren wir als Stones-Experten felsenfest davon überzeugt, dass es in der zweiten Zeile der dritten Strophe nicht „satisfaction" sondern „curly action" lautete, nur konnten wir uns auf die „gelockte Aktion" ebenso wenig einen Reim machen wie auf den „wollenen Bullen". Zur Aufnahme in das Repertoire kam es dennoch nicht – wir kriegten das Hauptthema des Stücks einfach nicht hin. Trotz dieser Schwächen hatten wir zeitweilig eine feste Anhängerschar, überwiegend bestehend aus Mädchen unserer Klasse. Wir durften sogar auf der Abschlussparty unserer Grundschulklasse spielen. Klassenlehrer E. (der ja auch Musiklehrer war) ließ sich nichts anmerken, litt an diesem Nachmittag aber vermutlich Höllenqualen.

Nach dem Abgang von der Grundschule traf ich *Sseier* nur noch selten, die Schulwege hatten sich getrennt. Manchmal lungerte er am ersten und für lange Zeit einzigen Imbiss Frohnaus gegenüber dem Bahnhofseingang herum. Den hatte ein meist unfreundlicher Mann mit schmalem Knittergesicht eröffnet. Der Imbiss trug den bezeichnenden Namen „Zum groben Wilhelm". Offensichtlich verfügte der Mann wenigstens über Humor und Selbstironie, wenn schon seine Bouletten längst nicht so schmeckten wie bei Fränkel in Tegel. Fränkel, später von unserer Clique auch „Frankulum" genannt, war eine Institution in der Tegeler Gorkistraße am Rande des Wochenmarktes, die ich mit meinem Schulwechsel kennen lernte. Eigentlich eine ganz normale Imbissbude, deren Produkte aber weit über Tegel hinaus bekannt waren. Spezialitäten waren Currywurst und die Boulette im Brötchen mit Senf, die irgend jemand auf den Namen „Wanderboulette" getauft hatte.

Frankulum musste umziehen, denn auf dem Wochenmarkt-Gelände sah man bald einen Investor in schwarzem Anzug und Krawatte – auf einem Bauschild war zu lesen: „Hier baut Dr. Rüger" – das moderne Tegel errichten, so wie andere das moderne Deutschland oder schlicht eine bessere Zukunft aufzubauen versprachen: Hier hebt Dr. Rüger die Baugrube für das neue Tegel-Center aus, aus der später das erste Hochhaus des Stadtteils und pagodenartige, graubetonkahle Fassaden moderner Einkaufsetagen wuchsen. Frankulum war nun kein primitiver Marktstand mehr sondern im Erdgeschoss eines

Mietshauses direkt an der Bahnschranke untergebracht und verfügte über einen gläsernen Tresen. Auch das war offensichtlich das moderne Tegel, Teil des modernen Deutschlands. Die Wanderboulette wurde kleiner und teurer. Das wiederholte sich in den nächsten Jahren in unregelmäßigen Abständen. Schließlich passte die Boulette im Größenverhältnis nicht mehr zu einer normalen Berliner Schrippe, und so wurde sie durch ein Partybrötchen ersetzt.

Nach Schulschluss war die Filiale der Eduard Schopf KG in derselben Straße unser Treffpunkt. Ein drittklassiger, albinoartiger Schmeißer diente einem Klassenkameraden, der wegen seines Anoraks gleichen Markennamens „Geyer" genannt wurde, zur lautmalerischen Identifizierung der Kaffeebar: Edward Bishop als Commander Ed Straker, oder vielleicht Edward Straker als Ed Bishop? Bishops Aufgabe bestand darin, bei „Alarmstufe Rot" schwungvoll-dynamisch durch ein Loch auf eine Rutsche zu springen, die ihn direkt auf den Sitz seines futuristischen Kampfjets beförderte. Bei der entsprechenden Alarmstufe blinkte sinnigerweise eine rote Lampe im Takt einer durchdringend heulenden Sirene über dem entsprechenden Rutscheneinstieg. „Alarmstufe Rot" wurde gegeben, wenn irgendwo ein Unbekanntes Flugobjekt (UFO) auftauchte. Sinn und Inhalt der Fernsehserie war, eigentlich permanent „Alarmstufe Rot" auszurufen, damit der Commander auf seine Rutsche konnte. Thematisch hatte Ed Bishop mit Eduscho rein gar nichts zu tun, doch avancierte der Begriff zu einem wichtigen Codewort unserer geheimen Kunstsprache. Meinen Schulweg legte ich jetzt im Bus zurück. Dennoch blieb mir die Bahn nah: Aus den Fenstern der neuen Klasse konnte man den hinter hohen Bäumen versteckten Bahnhof Tegel erahnen. Die Strecke nach Heiligensee lief direkt am Schulgebäude vorbei. Im Sommer hörte man bei offenen Fenstern in periodischen Abständen die Läutewerke zweier beschrankter Bahnübergänge und das Singen der Bahn, wenn sie von Tegel kommend zwischen Kleingärten und dem mächtigen Unterwerk beschleunigte. Mit dem Bau des Tegel-Centers schien das Bahnbauwerk allerdings zu schrumpfen. Eine Zeit lang blieb es bei diesem akustischen Status quo zwischen mir und der Bahn. Jeden Tag sah ich die Geisterzüge über die Gorkistraße rollen. Und trotz der völlig verlorenen verkehrlichen Bedeutung bestimmte die Bahn nach wie vor den Lebensrhythmus Tegels. Wenn sich die Schranken senkten, erstarb der Verkehrslärm. Halb Tegel schien sich dann für einige Minuten in einen Dornröschenschlaf zu legen. Kolonnen von Bussen der Linien 14, 15 und 20 gingen hinter den rot-weißen Absperrungen in Lauerstellung, nachdem der Mann am Stellwerksfenster direkt neben dem Übergang mit beiden Armen weit ausholend seine Kurbeln gedreht hatte. Das Stellwerk wurde später unvermittelt durch einen entgleisten Güterwagen niedergestreckt und anschließend abgebrochen. Häufig fielen die gestreiften Barrieren zur Unzeit, wenn man gerade noch rechtzeitig das Schulgebäude erreichen wollte. Aber auch als willkommene Ausreden fürs Zuspätkommen musste die Bahn bisweilen herhalten.

Nach ersten enthusiastischen Oberschuljahren, in denen ich durch bislang nie gezeigten Fleiß die fehlende Gymnasialempfehlung auszugleichen suchte, entdeckten wir in neuer Formation die S-Bahn wieder, unternahmen – ausgestattet mit Literflaschen „Lambrusco" oder „Kalterer See" – ausgedehnte Fahrten vorzugsweise während des Unterrichts, statteten uns im Untergrund-Intershop auf dem Bahnhof Friedrichstraße – Mitschüler Watschke taufte ihn in Anlehnung an einen Lehrer-Spitznamen *Fietestriet* – mit weiteren Alkoholika, Süßigkeiten und „Lullen" aus, entwickelten viel Phantasie bei zunehmend anglisierenden Wortschöpfungen. Vordergründig drehten sie sich um das in Wort und Tat meist gebrauchte Verbum: wichsen. Gab es anfangs lediglich den profanen „Wichser", gruppierte sich bald eine ganze Wortfamilie um ihn: Anwichser, Abwichser, Grobwichser, Schlechtwichser oder Puch-Wichser. Bei letzteren handelte es sich um legendäre dänische Halbwüchsige, die ständig von ihren Mofas der österreichischen Marke Puch aus irgendwelche blonden Mädchen (andere gab es in Dänemark kaum) anmachen mussten.

Ziele unserer Abenteuerfahrten waren neben der *„Fietestriet" (Friedrichstraße),* an der man als zentraler Umsteigestation kaum vorbei kam, beispielsweise *„Suu" (Zoo), „Tcharlottbörg" (Charlottenburg), „Leitnräidie" (Lichtenrade), „Leiterfieldiebauß" (Lichterfelde-Süd), „Longjoke"* (Lankwitz) oder "*Onholder Stäischn" (Anhalter Bahnhof),* auch kurz „*Onholder*" genannt. Bedauerlicherweise ließen sich nicht alle Stationsnamen nach unserer Art der „Genfer Nomenklatur" „anglisieren". Wörtliche Übersetzungen waren nur zugelassen, wenn das Ergebnis klanglich akzeptabel schien und man zur Identifizierung nicht erst ein Wörterbuch bemühen musste. Uneingeschränkt anerkannt waren Ergebnisse, die hundertprozentig anglisiert wie „*Tcharlottbörg*", „*San-Elli*" *(Sonnenallee)* oder aber – im Gegenteil – nach ebenso einfacher wie gelungener Verballhornung des Englischen klangen, wie etwa „*Leitnräidie*", „*Leiterfieldie-ßauß*" oder „*Longjoke*". Schließlich gab es Begriffe, die beide Kriterien im Mix erfüllten, wie etwa „*Koloniel Haid*" *(Köllnische Heide)* – hier noch ohne „i" am Ende, im Gegensatz zu „*Buckwutt in se Norßhaidi*" *(Buchholz in der Nordheide)*, das ich erst später kennenlernen sollte. Alles sollte vergleichbar eindrucksvoll (in unserer Sprache: „brockig") klingen wie etwa die Londoner U-Bahnstationen „Swiss Cottage" oder „Monument" (for Bank). Wo die Namensgebung von unserem Sprachgefühl her Probleme bereitete, etwa bei Gesundbrunnen oder Spandau, verzichteten wir auf Umbenennung. Auch Zitate oder Bilder aus Politik und Sport wurden gern in unsere Zeichen- und Lautsprache aufgenommen. So zitierte man den ebenso groben wie unsympathischen Weisweiler (auch als „grobschlächtig" oder in der Substantivierung „Grobschlacht" bezeichnet) gern mit dem vernuschelten Ausspruch „Hacky Wimmer am rechten Flügel", unterstützt von dezent angedeutetem Würgen. Das hörte sich dann etwa an wie „*Huckiwümme-*

rumrüchtenflügel". Torwart Rudakow, der 1972 gegen Müller, Netzer und eben jenen Würgewimmer das Nachsehen hatte, stand bei dem neuen Verb „verrudern" Pate. Bei Verwendung hatte man leicht in die Knie zu gehen, zur Bekräftigung immer ein Unterarm vorbildgetreu rudernd zu schwenken. Rudakow musste schon bald mit seinem Kollegen Helmut Pabst in Konkurrenz treten, dessen Bundesliga-Auftritte bei Schalke überwiegend „päbstlich" verliefen – kurz gesagt: er verpabstete.

Fehlleistungen wurden fortan gern durch ein langgezogenes *„Paaaaaaaabst"* mit Schalke identifiziert, wobei von Rudakow noch die rudernde Bewegung überdauerte, in der Routineform nur noch durch schnelles Winken aus dem Handgelenk angedeutet. Bei schwerer Verpabstung schwenkte man aber nach wie vor den ganzen Arm bis zum Boden. Besondere verbal-rhetorische Befriedigungen verschafften verständlicherweise päpstliche Verpabstungen, wie am 28. September 1978. Auch der profane Begriff „Ostler" wurde in die Nomenklatur aufgenommen und mit „Anderl" gleichgesetzt. Dabei war Namensgeber Anderl Ostler in Wahrheit das genaue Gegenteil eines Ostlers gewesen, nämlich Bayer. Dieser Anderl Ostler hatte die erstaunliche Fähigkeit besessen, Körpermasse in Gold zu verwandeln. Unser Wissen über Anderl Ostler basierte allerdings nur auf Büchern. Denn Anderl Ostlers große Tage waren vor unserer Zeit gewesen. Die bemerkenswerten Fähigkeiten galten nur für das Vorbild. Der von uns gemeinte Anderl Ostler, also Anderl der Ostler dagegen war ein schlecht angezogenes, in allen Lebenslagen farbloses, bieder-provinzielles, vor allem sächselndes Etwas, das sich auf Befehl diszipliniert in Reih und Glied aufstellen, mit Weiß- und Blauhemden, roten oder blauen Halstüchern, Reiterhosen, UFO-mäßigen – sogenannten kunstlosen – Stahlhelmen uniformieren, mit Fahnen oder Fackeln ausstaffieren ließ, fröhlich Schwachsinn singend, parolenerwidernd kritiklos winkend, martialisch-drohend stechschreitend oder überlange Panzerpenisse schwenkend.

Genauso aber war „Anderl" auch das alte Muttchen, das sich – wehrlos – von den eigenen Vopos schikanieren lassen musste. Es war die vierköpfige, in den Trabi gequetschte Familie, die sich selbst auf der Ost-Autobahn durch die Käfer von uns jungen West-Schnöseln abhängen lassen musste. Es waren die Winkenden auf den Brücken. Winkten sie neidvoll oder sehnsüchtig, ehrlich oder mit innerer Wut, traurig oder resigniert? Jedenfalls winkten sie anders, als man es in ihrem Fernsehen sah, im Walter-Ulbricht-Stadion oder im riesigen Leipziger Zentralstadion, das zu meinem Ärger mehr Plätze hatte als unser Olympiastadion. In Sachen Kapazität hatte das Zentralstadion sozusagen Weltniveau. Aber bei uns galt das nicht. Denn schließlich wurde diese Kapazität ge- und missbraucht zur Unterbringung tausender Staats- und Staatsratswinker, zur Veranstaltung von Massenvorführungen auf Tribünen und Rasen. Schließlich diente die Kapazität zur Massenverneigung vor hässlichen, getunten Muskelweibern vom Schlage Anna Bolika & Co., diente einem Sportlerzuchtsystem, das sich ganz offensichtlich nicht an internationale Fairnessregeln zu halten gedachte. Zentralstadion, Walter-Ulbricht-Stadion – ihre Stadien waren immer bis auf den letzten Platz besetzt. Hertha schaffte das nur gelegentlich. Bei „Anderl" bildeten sie mit ihren Körpern Figuren, mit synchronen Bewegungen schufen sie immer neue Bilder. Riesentransparente zeigten bärtige alte Männer. Schwärme von Tauben wurden in den Himmel entlassen und bunte Luftballons, die in ihrer Buntheit das Gegenteil ihres Landes verkörperten – ein nicht einzuhaltendes Versprechen. Jeder dieser tanzend aufsteigenden blauen, roten, grünen und gelben Luftballons war eine dreiste Lüge. Auf der Ehrentribüne standen ebenfalls alte Männer, die aber denen auf den Transparenten nicht ähnelten. Bisweilen nahmen sie ihre Hüte vom Kopf, setzten ein joviales Lächeln auf, grüßten im Stile der Gattung Doktor Jovi, zu der auch der unsichtbare Dr. Rüger gehörte, in die Kamera.

Und während im Walter-Ulbricht-Stadion diesseits und jenseits der Ehrentribünen amtlich vergreisende Hauptakteure und unbezahlte wie unbezahlbare Statisten tücherschwenkend ihrem Gewerbe des politisch-gesellschaftlichen Gemeinschafts- und Massenonanierens nachgingen, wurden unter ihnen die gelben Züge rumpelnd gebremst, deren Passagiere nichts von dem überirdischen Spektakel mitbekamen. Auch auf den verdunkelten U-Bahnhöfen sah man bisweilen Reiterhosen, aber keine Jubler und Tuchwinker. Und während die S-Bahn die Reiterhosen bei voller Fahrt in der Oranienburger Straße zu respektvollem Abstand zwang, gaben sie sich vor der U-Bahn, die die geschlossenen Stationen aus irgendeinem nicht ersichtlichen Grund nur im Schritttempo passieren durfte, martialisch-bedrohlich, als ob sie die Züge gleich stoppen und besteigen wollten. Als sie den Kapitalisten Louis Victor Robert Schwartzkopff durch ihren Vorjubler, den Ersten Sekretär des ZK der SED und Vorsitzenden des Staatsrates ersetzten, erwarteten sie vielleicht, dass wir unterirdisch mitjubeln? Später, als die gelben Züge schon lange Schritt fuhren und potentielle Jubler und deren – mehr oder weniger freiwillige – Anhänger nicht mehr zusteigen durften, gab es einen neuen Vorjubler, der aber dem Stadion nicht seinen Namen gab. Aus dem Walter-Ulbricht-Stadion wurde auch unterirdisch und exterritorial ein Genitiv-Stadion: das der Weltjugend. In aller Eile musste der Spitzbart auch auf den Kesselwagen der „Leuna-Werke Walter Ulbricht" übermalt werden, die zuvor noch über zig Kilometer den Bahnreisenden zwischen Halle und Weißenfels zur Schau gestellt worden waren. War der Spitzbart eigentlich mal selbst an dieser stählernen Jubelkolonne vorbeigefahren, die keine Fragen stellte? War die Kesselwagenschau vielleicht sogar die Rache des Spitzbartes für einen unangenehmen Empfang, den ihm die *Wärgdädschn* des Chemiekombinat anlässlich eines Besuches einst angeblich bereitet hatten, wie von DDR-Bewohnern kolportiert? Kein Grund für den RIAS, mit überschwänglichen wie hämischen Kommentaren zu reagieren und das baldige Ende des Regimes zu prophezeien: Ob sich der Spitzbart in Leuna über die freche Frage nach der Versorgungslage ärgert oder in China ein Sack Reis platzt ... Schon eher interessiert die Frage: Wie muss sich einer fühlen, der aus dem Abteilfenster schaut und bei hundert Stundenkilometern minutenlang nichts als seinen eigenen Namen zu lesen bekommt?

Eines Tages aber hatte sich das Jubelspalier ausgejubelt, verjubelt. Der Spitzbart hatte verrudert, verschmissen, verpabstet. In den Amtsstuben, bei den Vopos, in Büros der Grenzkontrollstellen, selbst bei der Mark der Deutschen Notenbank/Mark der DDR wurde der graue Spitzbart, der in Wirklichkeit rund war, durch einen vergleichsweise jugendlich wirkenden Dunkelhaarigen mit Kassengestell ersetzt. Kaum jemand war traurig über den Abgang des runden Spitzbartes. Er musste sich nun nicht mehr verstellen, wenn er mit dem Lächeln eines gütigen Opas log. War er nun nur noch entrahmter Lügner und bleiches Rechteck auf Blümchentapeten, oder mutierte er wirklich zum gütigen Opa? Konnte der Spitzbart ein gütiger Opa sein? Diese Frage fand keine Antwort, war aber auch nicht wichtig, weil er sich im Fernsehen rar machte. Der Brillenträger jedenfalls gab ihm die Möglichkeit zur privaten Opa-Rolle. Ein paar Jahre noch. Der Abgang des Spitzbarts war irgendwie genauso abrupt, dabei still und endgültig, wie zuvor der des singenden Spitzbarts und von Meister Briefmarke.

Auf dem Gebiet des Verpabstens oder Verruderns konnte man nun ein hohes Maß an Flexibilität feststellen. Mit Hilfe dieser Wortfamilien ließ sich wunderbar die Situation des Verschmeißens beschreiben. Namensgeber waren hier der niederländischen Billardspieler Christ van der Smissen (der allerdings höchst selten verschmiss) und der ostdeutsche Friedensfahrer Siegbert Schmeißer. Als eigentliche Urheberin der in Folge viel benutzten Wortschöpfung konnte sich allerdings – ohne es zu wissen – meine Mutter rühmen, die gelegentlich das Wort „Schmeißfliege" benutzte. Mich faszinierte daran, wie der kleine Buchstabe „m" einen zurückhaltenden, ja beinahe vornehmen Charakter vorzuspiegeln, zugleich aber drastisch-kräftig auf die Sachlage hinzuweisen vermochte. Die Namenspatrone ließen entsprechende Schilderungen noch plastischer und abwechslungsreicher gestalten, wobei ein kräftiges „Siegbert Schmeißer" gern für sogenannte ostische (Anderl)-Aktionen oder ostischen Verschmiss bevorzugt wurde. Mit Häme wurde jede Niederlage eines Staatsamateurs kommentiert. Wenn Siegbert Schmeißer im Spurt versagte, dann hatte er nicht nur verschmissen oder *verpaaabstet*, er hatte sich auch – wie seine sowjetischen Genossen gelegentlich – „ein verlängertes Wochenende in Sibirien" verdient. Siegbert Schmeißer wurde allerdings nicht nur im Sinne von Verschmeißen gebraucht, er stand gleichzeitig auch für das Substantiv des „Schmeißers", in der Steigerungsform auch als „grober Schmeißer" angewandt, was in der Rangordnung wesentlich über dem „Grobschlacht" und etwa gleichauf mit dem „Schlechtwichser" lag. Schlechtlinge gab es reichlich in unserer Welt, und sie gehörten alle in einen Topf: von

Friedensfahrer Siegbert Schmeißer, über seinen langsam verblassenden, da Gott sei Dank vermodernden Chef, den Spitzbart, bis zur Akkuratesse Heinz Florian Oertels, genauso wie Bundes-Helmut und Würgewimmer.

Das „Ha-Ho-He" schwoll zu einem trotzig-flehentlichen Chor an und begann im Stadion zu kreisen. Es war das Flehen, es war der Trotz einer ganzen Stadt, die nicht nur mit Schalke sondern auch gegen den Spitzbart, Chruschtschow, Bonn und den *ßoffchet*-Fasler um Existenz und Identität rang. Eine Stadt schrie an gegen ihr Schicksal, gegen die fahnenflüchtigen Konzernzentralen und die Bäckermeister, die mit Zweitwohnsitz auf Nummer sicher gingen; gegen Federstriche des DFB und das Warten auf die nächste Passierscheinregelung; gegen das Herausmontieren der Rücksitze bei jeder Grenzkontrolle und Bahnkomfort aus dem vorigen Jahrhundert; gegen das Behelfsmäßige an ihrem Ausweis und in ihrer Existenz. Deshalb waren Wut und Trotz im Olympiastadion wuchtig. Gegnerische Spieler bekamen es bis auf den Rasen zu spüren.

Butterweich schwebte die Flanke von links in den Strafraum. Ich sprang auf und kommandierte brüllend: „Jetzt Erwin!". Ein dürrer, langer Mann flog heran. In Zeitlupe schwebte er sehr aufrecht dem Ball entgegen. Sein markant kleiner, länglicher Schädel traf den Ball hart. Nigburs vergeblicher Sprung und das Peitschen des Tornetzes waren eins. Das Stadion sprang auf und erlebte eine akustische Massenentladung. Mit Tränen in den Augen und überschlagender Stimme wiederholte ich mich brüllend „Erwin – jetzt Erwin!" und riss wie wild an Geyers Klamotten. Ein ältlicher Leberschreier krächzte mir bierselig in den Rücken. Stadionsprecher Jäger verkündete Erwin Hermandung als Schützen.

Später erklärte der Schiedsrichter Hertha BSC zum 1:0-Sieger über den Erzfeind Schalke 04. Schalke 04 war nicht der Erzfeind, weil es auch Blau-Weiß als Vereinsfarben führte. Es war nicht der Erzfeind, weil es wie Hertha ein sogenannter Arbeiterverein war. Es war der Erzfeind, weil die Neuberger-Clique die Bundesliga aufstockte, als Schalke eigentlich sportlich abgestiegen war, während Hertha BSC gleichzeitig wegen einer „Handgeld-Affäre" kunstlos rausgeschmissen wurde. Es erneuerte seine Erzfeindschaft, als ich die vom Berliner Karikaturisten Oskar gemalten Spieler-Fankarten, die ich in Aufstellungsform auf die hellbraunen Plastik-Schiebetür meines Kleiderschrankes geklebt hatte, in Folge der Tonbandshow eines gewissen Horst-Gregorio Canellas, nach und nach – eine nach der anderen – mit rotem Filzstift ausixen musste, während bei Schalke, das ebenfalls auf den Tonbändern des Herrn Canellas vorkam, kaum geixt werden musste. Bald zeigte die Schranktür durch rote Kreuze an, dass Millionenwerte vernichtet waren. Eine Mannschaft, die eine große werden sollte, war ausgelöscht: Volkmar Gross, Bernd Patzke, Laszlo Gergely, Tasso Wild, Peter Enders, Wolfgang Gayer, Uwe Witt, Karl-Heinz Ferschl, Franz Brungs, Jürgen Weber, Jürgen Rumor, Übersteiger Arno Steffenhagen und Genial-Fußballer Zoltan Varga – von Wolfgang Holst Coupartig eingeflogen. Über Varga wurde später gerüchteweise verbreitet, er habe bei dem betreffenden Spiel zur Halbzeit einen Warnschuss an die Bielefelder Latte abgegeben, weil das Geld noch nicht eingetroffen sei. Wir hielten das Gerücht in Verbindung mit Varga für äußerst glaubhaft, den Lattenschuss meinten wir gesehen zu haben.

Als besonders schmerzlich empfanden wir den Verlust von Volkmar Groß, den unserer Meinung nach besten Torwart seiner Zeit, den ein Herr Schön nach unseren Mutmaßungen nicht haben wollte, weil er bei Hertha spielte. Und B. P., Schöns Alibi-Berliner. Der bei der WM in Mexiko bei Heinz Florian & Co. für die Kreation eines einzigartigen politischen Gebildes sorgte: die Auswahlmannschaft „Westdeutschland/„Westberlin“, in den Tabellen des DDR-Fernsehens kurz als WD/WB notiert. Noch korrekter in der Anderl-Diktion wäre sicherlich Westdeutschland/Selbständige politische Einheit „Westberlin“ (SPEWb), tabellengemäß abgekürzt also WD/SPEWb, gewesen. Das aber hätte selbst dem glühendsten SED-Fanatiker den ganzen Schwachsinn der eigenen Chargen drastisch vor Augen geführt. Kürzer und zutreffender hätte man die Mannschaft auch mit WB/B. P. umschreiben können. Schade nur, dass Akrobat Schön B. P. nur sporadisch einsetzte. Hätte er gegen Italien den überforderten Willi Schulz anstelle von B. P. ausgewechselt, wäre WD/WB bestimmt ins Finale gekommen. Vermutlich aber durfte Schulz noch von seinem Image als sogenannter World-Cup-Willi zehren. Jedenfalls hing ich nicht der verbreiteten Illusion nach, deutsche Fußball-Nationalmannschaften würden nach Leistung aufgestellt. Für mich war Schön als Bundestrainer eine absolute Flasche, hilflos gegenüber der Bayern-Mafia. Es gab noch mehr Akrobat-Schön-Opfer, beispielsweise Fortuna-Stürmer Reiner Geye.

F erien, Sommer, Strand mit Tang und ohne Körbe, kleine bunte Holzhäuschen mit rotweißen Fahnen an blütenweißen Masten, Hagebuttenhecken, Sandstraßen, Kioske, Quallen, Lagerman und Flødeis – Ostsee. Aber so wie es zwei Welten gab, gab es auch zwei Ostseen. Die eine, das war die Ostsee in Dänemark. Um zu ihr zu gelangen, mussten wir zunächst über die andere Ostsee. Die andere, das war die mit den Gleisen, die unter Gittern durchschlüpfen mussten, das war der Parc Fermé, stundenlanges Warten, die bekannt-praktischen Spiegel auf zwei kleinen Rädern und mit Deichsel dran. Ich fand es gemein und ungerecht, dass der Spitzbart und die Vopos etwas von meiner Ostsee abbekommen hatten, zumal dieses Meer vom Charakter her gar nicht zu den Vopos passte - eine Ostsee im Dienste des Politbüros: „Die Ostsee muss ein Meer des Friedens sein", in weißer Schrift auf blassem VEB-Blau, das vergeblich Marineblau zu imitieren versuchte. So ganz genau wusste ich nicht, was mit dieser Parole gemeint war. Ich hielt die Ostsee für ein im Grunde ihres Charakters friedliches Meer, viel friedlicher als die Nordsee, nur gelegentlich ein wenig aufgewühlt, aber ganz selten beängstigend.

Jeden Sommer standen wir einmal mit unserem Opel Rekord im Parc Fermé von Warnemünde, den Kühlergrill in Richtung See. Nirgendwo war der Geruch von DDR zurückhaltender, weniger aufdringlich als im hermetisch abgeriegelten Fährbahnhof von Warnemünde. Die Nase gab uns schon eine Ahnung von Freiheit, von Meer, von Ostsee, von der richtigen Ostsee. Doch in die frische Urlaubsbrise mischte sich noch immer ein Hauch von Trabi und Braunkohle. Beides war nur 100 Meter von uns entfernt. Und doch waren wir schon in einer anderen Welt. Wir waren ein wenig entrückt. Wir befanden uns im Vorhof zur freien Ostsee. An einem solchen Tage mit frischem Seewind und leicht zerzausten weißen Wölkchen auf echt marineblauem Grund schlich sie sich heimlich an und war plötzlich da. Uns erschien sie eher als eine Fata morgana: Wir hatten den alten Vorkriegsdampfer „Danmark" oder die langweilige Lieblos-Nüchternfähre „Kong Frederik" erwartet. Und stattdessen öffnete sich da lautlos ein ebenso spitzes wie elegantes, beinahe zierliches Stahlmaul über den Zäunen und Mauern. Es hatte sich lautlos zwischen Türmen, schlanken Grenz-strahlern, Verlade- und Beobachtungsbrücken ange-pirscht: das neue stolze DDR-Fährschiff „Warnemün-de". Nur Möwen lieferten mit ihrem immer dramatisie-renden Geschrei eine Begleitmusik. Und nun stand sie da in schneeweiß, als wäre nichts gewesen, als sei sie die Selbstverständlichkeit in Person – „Is was?", schien sie zu fragen.

Am Bug prangte ein rot-weißer Leuchtturm auf roter Backsteinmauer vor dem Blau von See und Himmel, eingefasst von drei dekorativen blauen Zierstreifen. Als ich das Wappen zum ersten Mal sah, bildete ich mir ein, es sei speziell für mich dort angebracht wor-den. Denn das Wappen war für mich eine Comic-Zeichnung. Und Comics waren meine Welt. Die DDR dagegen kannte ich eigentlich als beinahe Comic- freies Land. Und dies sollte nun ein DDR-Schiff sein? Sprach vielleicht der Spitzbart in maritimem Hochdeutsch zu mir? „Ich weiß, der Weg ist umständlich und unbe-quem. Du musst lange warten. Und dann auch noch die Graugrünuniformierten und die Reiterhosen. Die halten sich hier aber hanseatisch-vornehm zurück, lassen nicht – wie gewohnt – die Kalaschnikow vor dem Bauch baumeln. Das habe ich ihnen so befohlen, damit sie Dich nicht ängstigen. Außerdem: Wir haben ja schließ-lich auch dänische und schwedische Gäste. Aber die Uniformierten müssen nun mal sein. Es muss ja schließlich alles seine Ordnung haben. Aber jetzt habe ich dir etwas bauen lassen, das dich erfreuen und ent-schädigen soll. Ein neues, großes Schiff für dich. Es ist weiß wie ein Schwan. Es ist groß genug für viele Eisenbahnwaggons und Autos von Mercedes, Ford und VW und für den Opel von Deinem Vater. Unsere Trabis und Wartburgs werden euch nicht die Plätze wegnehmen, werden den weißen Schwan nicht verstinkern. Er wird dich sicher über das Meer nach Dänemark bringen. Wir beide können sehr stolz auf dieses Schiff sein."

Was mir der Spitzbart zugeflüstert hatte, stimmte – na ja, ein bisschen. Martialische Waffen blieben bei der Abfertigung „auf Weltniveau", wie die DDR sich und ihre Produkte allgegenwärtig selbst charakterisierte, tatsächlich im Hintergrund. Aber sie waren doch vorhanden, auf Wachtürmen und in sogenannten Schwalbennestern. Ein solches Schwalbennest, ein erhöhter Ein-Vopo-Stahlrohrhochsitz war zum Beispiel direkt über der Zufahrtsrampe des Fährschiffes angebracht. Von dort aus blickte ein Bewacher von oben auf die Dächer von Eisenbahnwaggons, Lkw und Autos herab, die anschließend im Bauch des Schiffes verschwanden. Aus dem Parc Fermé heraus konnte man noch nicht viel von ihr sehen - gerade mal die Spitze der weißen Klappschnauze mit Steuer- und Backbordnock der Kommandobrücke seitlich hervorlugend sowie den vorderen, breiten Schornstein mit seinem schwarzen Kragen. Erst an Bord entdeckte ich, dass das Schiff über zwei dieser schnittig-flachen weißen Schornsteine mit schwarzen Kragen verfügte. An den Seiten zeigten sie ein gelbes Flügelrad um die Buchstaben „DR" auf Blau als Marken. Diese Symbole waren mir bekannt: Sie standen für die Eisenbahn. Das konnte mich beruhigen, denn die Eisenbahn, das war für mich zwar auch Osten. Aber die Eisenbahn war für mich nur der alte, nicht aber der böse Osten. Denn die Eisenbahn, da war ich sicher, musste genauso unter den Vopos leiden wie meine geliebte S-Bahn.

Näherte man sich dem Maul, blickte einen die „Warnemünde" streng mit ihrem doppelten Mausezahn links und rechts der Bugspitze ihres hochgeklappten Oberkiefers an, so, als wollte sie sagen: „Haben sie dich auch gut kontrolliert? Bist du für würdig befunden worden, mit mir zu fahren?" Von vorn sah sie gedrungen aus. Erst in Dänemark sollte ich Gelegenheit haben, die Seitenlinien zu sehen, die an elegante Kreuzfahrtschiffe erinnerten. Wir gaben uns zurückhaltend-reserviert: Ein Schiff der DDR. Ein Schiff mit Sozialismus und Vopos? Dabei war ich gleich in sie verliebt. Das war jetzt unser Schiff, mein Schiff, meine „Warnemünde". Es war nicht die Verlängerung der DDR über die Ostsee bis nach Gedser. Nein, man hatte beinahe den Eindruck, auf der „Warnemünde" zeigte sich die DDR von einer – für mich – bislang unbekannten Seite: großzügig, weltläufig, elegant. Zum ersten Mal fuhr ich auf einem Schiff, das über Fahrstühle verfügte. Nicht im Traum hätte ich das erwartet.

Und wenn auch im bordeigenen Intershop die blassblauen Perlon-Kittel vorherrschten, die ich bereits vom Bahnhof Friedrichstraße her kannte, so bemühte sich das DR-Personal an anderer Stelle um gediegene Atmosphäre. Breite, helle Gänge mit Panoramafenstern, luftige Treppenhäuser mit leichten, „schwebenden" Metallstufen, freundliche Damen mit Stewardess-

artigen blauen Hütchen (die allerdings später abge-
schafft wurden) am Informationsschalter aus hellem
Holz-Furnier. Kein Schikanierpersonal in Blassgrün,
keine Reiterhosen. Die Offiziellen in dunklem Marineblau – freundlich, verbindlich, hilfsbereit. Sogar die
Mitarbeiter der Deutschen Notenbank, die neben der
Information über einen eigenen Schalter verfügten,
fragten nicht herausfordernd-aggressiv: „Haben Sie
noch Mark der Deutschen Notenbank?" Sie schienen
ihrem Tagewerk des Geldscheinzählens eher dankbar
nachzugehen und nicht jeden Kunden mimisch gleich
der Klassenfeindschaft zu verdächtigen. Da war ja auch
nichts zu verdächtigen: Das ganze Schiff wurde ständig
und ausschließlich von Klassenfeinden bevölkert. Ja, es
war nur für den Klassenfeind gebaut worden – welch
klassen- und völkerverbindende Geste! Im riesigen Re-
staurant wurde man nicht ostisch platziert sondern durfte sich – den Gepflogenheiten des Nichtsozialistischen
Auslands gemäß – seinen Tisch selbst aussuchen. Der
weiß livrierte Mitropa-Kellner mit schwarzer Hose diente
vor der Panoramakulisse der mehr oder weniger friedlichen Elemente – selbst graukalte Duschen gegen die
Frontscheiben konnten dieses für DDR-Verhältnisse
einmalige Dienstleistungsschauspiel nicht trüben – servil
mit „Bottled by the Radeberger", edlem französischen
Cognac oder auch Weißwein von Unstrut, Saale und Elbe - Produkte, die man in der DDR bei *Gonnsumm* oder
Ha-Ooh vergeblich gesucht hätte. Für Devisen durfte
man Krösus sein und spielen, sich zum „Diplomatentopf"
mit verschiedenen Sorten Fleisch vom Personal das
Flambierwägelchen an den Tisch schieben und den

Ober mit Streichholz und großer Geste seines Amtes walten lassen.

Und obwohl die Verlockung nach dem für uns neuartigen Hoch-vom-Dachstuhl-Schauspiel groß war, musste zunächst einmal die Pflichtübung abgeleistet werden. Nein, eigentlich war es weniger eine Pflichtübung als Neugier, Hochmut, Grausamkeit, schlichtes Interesse oder auch nur Zeitvertreib auf einer zweistündigen Überfahrt. Wenn die letzten Autos und Busse unter der hochgeklappten, spitzen weißen Hakennase mit dem grünen Vordecksausschnitt verschwunden waren, wenn D-Zug-Waggons und Güterwagen am Spalier der Reiterhosen und gebogenen Strahler vom Typ „Moderne Grenze" vorbei und unter dem ähnlich wie in Friedrichstraße auf einer Gleisbrücke postierten Schwalbennest-Vopo hindurch gefahren waren, lautete für die klassenfeindlichen Passagiere das Kommando: „Alle Mann (Frau und Kind) an die Steuerbordreling auf dem Promenadendeck – Osten schauen und Winken!" Dann glitt das Schiff ruhig und erhaben-elegant rückwärts aus seinem Fährbett, und die Blicke gingen nach Westen. Nach Westen auf den Osten. Auf die kleinen Fischerboote, die – bis auf die Farbe – den dänischen in der Bauart glichen; auf die rotten Schuppen am Alten Strom; auf das Kongresshallen-Imitat namens „Teepott"; auf die farblos gekleideten Ossis, die in Massen die Promenade bevölkerten; auf den breiten, blendend-weißen Sandstrand von Warnemünde, der sich bis zum Horizont zu erstrecken schien. Wo die Ossis in Badekleidung plötzlich weniger ostisch wirkten, beinahe westlichen Strandurlaubern zu gleichen schienen. Was waren das für Badende? Fuhren die Trabi? Trugen die sonst Reiterhosen? Hier am Strand von Warnemünde ließen sie sich nicht so leicht enttarnen. Irgendwie gemein. Aber dann kam noch die steinerne Mole mit dem grün-weißen Leuchtturm an ihrer Spitze. An sonnigen Sommertagen war sie schwarz vor Menschen, genauer gesagt: vor Ostlern. Die winkten. Die winkten tatsächlich. Was kann man da machen als zurückwinken? Einige freundlich, andere (wenige) sogar enthusiastisch. Kannten die vielleicht einen der Molen-Winker? Die meisten eher herablassend-jovial („Doktor Jovi"): Schaut mal, mit was für einem feinen Schiff wir hier fahren! Schaut nur her, was eure *Wärgdädschn* alles zustande bringen: Fahrstühle, Erste Klasse-Restaurant, Stabdeck mit Liegestühlen, damit sich der Klassenfeind ausruhen möge vom anstrengenden Alltag der Wühl- und Agententätigkeit als „Ist", „Rist" oder „Schist". Da habt Ihr uns wirklich was Feines hingestellt. Da fahren wir dann rein mit unserem Opel, VW oder Mercedes. Da klappt dann das Tor des Parc Fermé hinter uns zu, und ihr könnt nicht mal reinsehen. Ihr sollt nicht sehen, was dahinter passiert. Ja, natürlich: Da gibt's noch mal ein paar Reiterhosen. Da machen die auch mal ihre Spielchen mit dem rollenden Spiegel und stochern mit ihren biegsamen Plaste- und Elaste-Stangen (Die sind bestimmt nicht aus Schkopau!) in unseren Tanks herum, die wir gerade kostensparend und devisenbringend beim Minol Pirol gefüllt haben. Dass die sich nicht albern vorkommen?! Paar Zettel ausfüllen – fertig. Und dann kommt lautlos dieses schöne, neue weiße Schiff angeschwommen, reißt genauso servil die Klappe auf wie eure Kellner uns den Stuhl zurechtrücken und ruft: Bitte schön, Klassenfeinde, da bin ich! Kommt rein, macht es euch gemütlich. Ich hoffe, ihr habt guten Hunger mitgebracht. Nehmt euch dann einen Liegestuhl auf dem Sonnendeck, setzt eure dekadenten Sonnenbrillen auf, und vergesst bitte nicht die Sonnenmilch, denn: An der See scheint die Sonne intensiver. An der Ostsee erst recht. Ihr wisst ja: Die Ostsee muss ein Meer des Friedens sein; ein Meer der VEB-Liegestühle (vielleicht aus Bautzen?), ein Meer der Sonnenmilch (Da nehmt ihr doch besser eure Nivea!), und der köstlichsten Mitropa-Speisen, wie man sie selbst im Delikat-Laden nicht alle Tage zu kaufen bekommt.

Und das gemeine, der Antrieb für Hohn und Spott für die meisten Winker an Deck: Ihr da unten, ihr Gewimmel da im Perlonkittel, in der Popeline-Jacke oder der Dreiecksbadehose – ihr, ihr dürft winken. Aber mehr auch nicht. Keine Chance, jemals auf dieses Schiff zu kommen. Unser Kapitän gibt jetzt „Volle Fahrt voraus", und ihr werdet ganz schön schnell kleiner. Und wisst ihr, was wir jetzt machen: Erst mal gehen wir unter Deck und pfeifen uns mal ein Wiener Schnitzel ein mit Bratkartoffeln. Die machen die hier wunderbar an Bord. Anschließend ein Stündchen im Liegestuhl, im Windschatten des hinteren Schornsteins, sonst wäre es heute vielleicht ein bisschen kühl. Da kommt dann bald auch wieder Land in Sicht. Aber vorher statten wir dem Intershop noch einen kurzen Besuch ab, holen vielleicht zwei Stangen „Ernte 23" für uns, „Peter Stuyvesant" für unsere Hamburger

Freunde, die wir in Dänemark treffen. Auf deren Fähre ist das Zeug teurer. Und noch ein bisschen Schnaps, auf den die Dänen so scharf sind. Am besten ihren eigenen – „Aalborg Aquavit". Wir fahren jetzt nämlich nach Dänemark. Das ist Nichtsozialistisches Ausland. Das könnt ihr von da unten nicht sehen. Das würdet ihr selbst aus dem obersten Stockwerk des Hotels Neptun nicht sehen – wenn man euch da rauf lässt. Gedser, Dänemark. Da könnt ihr von träumen. Ihr dürft euch irgend etwas einbilden, wie es in Gedser/Dänemark aussehen könnte. Wir verraten euch nicht, dass das in Wirklichkeit nur ein Kacknest ist. Für euch ist das Weltniveau. Und Weltniveau werdet ihr nie erreichen. Na denn, tschüs!

Opa Alfred hatte eine Freundin. Montags stieg er in der Leipziger König-Johann-Straße in seinen Achtzylinder Ford und fuhr in die Erfurter Gartenstraße. Dort war der Sitz seiner Firma. Mein Leipziger Opa, den ich nicht mehr kennenlernen sollte, war Generalvertreter für Saba in Thüringen. Neben seinem Geschäft stand das Hotel Gaedke, wo Marie Gaedke wohnte. Wie praktisch. Das Hotel überdauerte den Krieg, Marie überdauerte den Krieg, mein Opa, der aus einem mir nicht bekannten Grund eine Pistole besaß, nur knapp. Eine Frau, die im Hotel Gaedke (anders als mein Opa) verkehrte, soll ihn verraten haben. Dann kamen die Russen, fanden die Pistole zwar nicht (die hatte Opa zuvor in die Gera geworfen), nahmen ihn aber trotzdem mit. Opa wurde auf einem Hügel oberhalb von Weimar einquartiert. Die Gebäude dort waren noch übrig geblieben aus der Zeit der Armrecker. Wie praktisch! Der Rest war Ingo Insterburg: Ich liebte ein Mädchen auf dem Mars; ja – das war's. Später drangen Genossen in das Hotel ein und überzeugten Marie Gaedke, die das Hotel inzwischen führte, von den Vorteilen eines Gemeinschaftsunternehmens mit der Partei der Arbeiter und Bauern. Ich lernte Marie kennen, nachdem sie sich in Tante Mariechen verwandelt hatte. Sie war von undefinierbarem Alter, hatte rotbraunes Haar. Das thronte zu einem kleinen Dutt gebunden auf ihrem Haupt. Nicht der übliche langweilige Rund-Dutt, wie ihn beispielsweise meine streng-herbe Lehrerin aus der ersten Klasse getragen hatte. Nein, es war ein irgendwie raffinierter, zylinderförmiger Haarknoten, wie ich ihn nie wieder gesehen habe. Der Rest des Haars war wie ein Fransenteppich kreisrund um ihr Krönchen angeordnet. Ich wusste noch nicht, dass sie eine Geliebte gewesen war und hätte mir das auch nie vorstellen können.

Meine Tante Mariechen war keine Geliebte, sie war ein Engel. Mein Engel. Mal ganz abgesehen davon, dass ich im Leben nicht auf die Idee gekommen wäre, Tante Mariechen hätte jemals mit etwas Sexuellem zu tun gehabt. Genau so, wie man sich das bei seinen Eltern auch nicht vorstellen konnte. Das wäre nur peinlich. Wäre meine Tante Mariechen irgendeine beliebige Frau gewesen, hätte ich sie sicherlich uncharmant als dick beschrieben. Aber so schonungslos wäre ich zu meiner Tante nie gewesen. Fakt war aber, dass sie sich wenig bewegte. Meist saß sie auf einem massiven gepolsterten Holzstuhl, dessen geschnitzte einteilige Lehne sich wie eine halbkreisförmige Galerie um ihren Körper schlang, am sogenannten Stammtisch mit freiem Blick nach beiden Seiten in die Gaststube.

Auf dem Stammtisch stand ein schwerer Aschenbecher, der fast den Durchmessers eines Wischeimers hatte, mit einem Messingbügel, an dem tatsächlich ein Schild mit der Aufschrift „Stammtisch" baumelte – wie die Karikatur eines deutschen Stammtisches. Der Tisch selbst passte in seiner Massivität mit geschnitzten Füßen zu diesem Aschenbecher. Er war so schwer, dass mindestens zwei kräftige Männer hätten zupacken müssen, um ihn zu bewegen. Aber der Tisch wurde nicht bewegt. Er stand schwer und fest in der Mitte der langgestreckten Gaststube. Ein Kachelofen, eine Sitzbank an der Wand und ein Gläserbuffet daneben bildeten die Stammtischnische. Tante Mariechen hatte ihren strategischen Platz neben dem Ofen, der winters schon früh morgens angeheizt wurde.

Unter den Fenstern der Außenfront, die den Gastraum an zwei Seiten zur Keilhauergasse und der Gartenstraße abschloss, gab es auch noch braune Rippenheizkörpern einer Zentralheizung. Visavis vom Stammtisch stand der Biertresen mit Spüle und drei Zapfhähnen. Auf dem Flur dahinter hing ein schwarzes Telefon an der Wand – das einzige im gesamten Erdgeschoss zwischen Küche, Eingang und Gaststube.

Tante Mariechen trug meist weit geschnittene geblümte Kostüme westlichen Zuschnitts. Sie gehörte nicht zu den Menschen, die auf Ostwaren angewiesen waren, weder bei der Kleidung, noch bei anderen begehrten Konsumgütern wie Kaffee, Zigaretten oder Parfüm. Sie rauchte zwar nur gelegentlich, freute sich aber dennoch darüber, wenn West-Besuch stangenweise Zigaretten mitbrachte. Tante Mariechen unterhielt ein ebenso raffiniertes wie großzügiges Unterstützungs- und Tauschsystem, von dem nicht nur sie selbst sondern vor allem Verwandte, Bekannte und die Angestellten bis zur Putzfrau profitierten: Kaffee und Zigaretten, Schokolade, Schnaps, Spielzeug, Textilien aller Art, sogar Parfum. Alles Westware, versteht sich. Im Tausch gegen kleine und große Gefälligkeiten oder als Anerkennungsprämie für gute Arbeit. Mehr noch: Was gegen Devisen selbst im DDR-internen Intershop nicht zu haben war, besorgte Tante Mariechen über weitverzweigte West-Kontakte - sogar Reifen für den Wartburg, Farben und Baumaterialien.

Nicht, dass Tante Mariechen etwa ein illegales Warenlager in irgendeinem schwer zugänglichen Winkel des Hotels angehäuft hätte. Und in den eigenen Wünschen blieb sie bescheiden: Sie schwor auf

„4711 Echt Kölnisch Wasser" und war jedes Mal überglücklich, wenn wir ein Fläschchen mitbrachten. Im Hause – und sicherlich auch bei ihren „Geschäftspartnern" von der Partei – hieß es, dass Tante Mariechen ein West-Konto aus dem Erbe ihres Onkels Curt Elschner, dem ehemaligen Besitzer des Berliner Hotels Excelsior, besaß. Und man wusste auch, dass sie sich als Rentnerin schon längst selbst in den Westen hätte absetzen können. Aber sie blieb, nicht nur zur Erleichterung ihrer Angestellten. Sie blieb wohl vor allem aus Anhänglichkeit zu dem alten vierstöckigen Gründerzeit-Kasten, so wie andere Menschen eine Anhänglichkeit zu ihrer Katze oder ihrem Hund verspüren. Und sie blieb ganz sicher aus purem Trotz: Dieses Haus gehört mir, und das lasse ich mir nicht wegnehmen! Weil sie so unabhängig war wie wohl wenige Menschen in der DDR, weil sie die Wahl hatte, konnte sie ihr Leben und ihre Arbeit jenseits von Bonzen und Sozialismus mit einem merklichen Schuss Fatalismus leben: „Was soll mir alten Frau schon passieren?", war bisweilen ihre rhetorische Frage gegenüber Bedenkenträgern.

Tante Mariechen erlaubte sich etwas für die DDR ganz unerhörtes: Am Stammtisch hatte sie in einer kleinen Nische einen tragbaren japanischen Fernseher aufgestellt und schaute Abend für Abend in aller Öffentlichkeit Westfernsehen. Nur wenn ihr unbekannte Gäste in der Nähe waren – vielleicht verdächtige Pärchen, wie sie die Behörden gelegentlich vorbeischickten – drehte sie als Konzession schon mal den Ton leise. Tante Mariechen wusste auch, dass es

126

in der Stadt viel zu wenige Hotelbetten gab und der Staat auf Deviseneinnahmen durch die Hotellerie in höchstem Maße angewiesen war. Das Hotel Gaedke jedenfalls war praktisch immer ausgebucht. Zimmerbestellungen erfolgten langfristig, meist schriftlich per Brief oder – bei Stammgästen – Postkarte. Anfragen ein Jahr im Voraus waren dabei normal. Wer kurzfristig über Telefon anfragte, hatte meistens Pech. Da Tante Mariechen nicht die Schnellste zu Fuß war und eigentlich auch mit ihrem robusten Stuhl am Stammtisch verwurzelt schien, musste jemand anderes zum Telefon auf dem Flur neben dem Eingang laufen, wenn es klingelte. Oft kam Chef- und Alleinköchin Tante Lotte aus der Küche über den Terrazzoboden geschlurft, wischte sich die Hände an einem Küchenhandtuch ab und griff zum Hörer. Jemand aus dem Gastraum musste dann die Tür zum Flur öffnen, damit sich Tante Mariechen, die die Zimmerbuchungen stets persönlich und handschriftlich in einem dicken blauen Buch vornahm, in gehobener Lautstärke mit ihrer leicht schwerhörigen verwitweten Schwägerin verständigen konnte. Wenn Tante Lotte einmal keinen Küchendienst oder gerade mal eine Pause hatte, saß sie meistens im so genannten Clubraum, der zwischen Küche und Eingang zur Gartenstraße hin lag, in einem tiefen Ohrensessel, rauchte und schaute ebenfalls Westfernsehen. Der langgestreckte Raum, dessen eine Seite von einem imposanten schwarz-hölzernen Jugendstil-Tresen mit Barhockern, großem Spiegel, fein verzierten Gläservitrinen und einer altertümlichen Registrierkasse mit seitlich angebrachter Kurbel eingenommen wurde, war nach außen hin durch dicke grau-verräucherte Gardinen und Vorhänge abgedunkelt.

Dieser Tresen, dieser Raum mussten einst rauschende Feste und stilvolle Cocktail-Partys gesehen haben. Ein Hotelleben der feinen Art mit feinen Herrschaften. Ich sah junge hübsche Frauen mit weißen Spitzenkleidern und phantasievollen Hüten, dazu galante schlanke Herren mit Stehkragen, gestreifter Weste, Spazierstock und „Kreissäge". Diese Bild kontrastierte absolut zu der grauen, braunkohlestaubigen, zweitaktknatternden und trabiölschmierigen, fassadenzerstörenden Realität. Es waren nur kurze Momente, in denen ich mir solcherart Traumbilder vorzustellen vermochte. Von der hinteren Tür, die gegenüber dem Telefon in den Clubraum führte, konnte man sich leise anschleichen und fand Tante Lotte bisweilen tief schlafend in den Sessel eingesunken. Einmal entdeckte ich eine noch halbvolle Schachtel Zigaretten der Marke „Sonne", die zwischen Sitzpolster und Armlehne gerutscht war. Ich zeigte meinen kostbaren Fund sogleich Roland. Und Roland, ein etwas älterer Junge aus der Nachbarschaft, der sich fast täglich im Hotel herumtrieb, beschloss, den Fund höchstpersönlich zu vernichten. Dazu führte er mich zu einer verschwiegenen Stelle am Ufer der Gera, wo wir die Zigaretten in den folgenden Tagen nach und nach rauchten, natürlich immer unter der Angst, irgendein Vopo könnte uns erwischen.

Fester Bestandteil des Stammtisches war Onkel Männe, der Bruder von Tante Mariechen. Ein früh

Vergreister mit ebenso spärlichen wie fettigen Haarbüscheln auf dem Kopf, Hängebacken, schlurfendem Gang, Hosen, die am Bund zu groß waren und schlaff an gestreiften Trägern herunter hingen. Onkel Männe konnte stundenlang schweigend auf der Stammtisch-Bank sitzen, sich immer wieder umständlich seine „Club"-Zigaretten anzünden. Mit zittrigen gelben Händen führte er abwechselnd Schnaps- und Bierglas an den Mund, trank schnaufend unter Anstrengung, was ich sonst nur von dicken Menschen kannte. Das Trinkritual kontrastierte auffallend zu seinem offensichtlichen Zustand. Mit todernstem Gesicht und „Prosit" wurde das Glas unter Nicken und gewichtiger Miene jedem einzelnen Stammtischgast präsentiert, das „Körnchen" anschließend militärisch-zackig zum Mund geführt und in einem Schluck gekippt.

Die Konversation zwischen Männe und Stammgästen verlief in der Regel recht schleppend, seine Neugier beschränkte sich zumeist auf Betrachtungen über das Wetter, Nachrichten, Gerüchte von der dürftigen Konsumfront oder jüngste Einreiseschikanen. Mit besonderem Interesse wurden die Werbespots des Westfernsehens verfolgt, einzelne Produkte herausgegriffen und in ihren vermeintlichen Eigenschaften bis ins Sensationelle überhöht. Selbst eine in wirtschaftlichen Dingen so abgeklärte Frau wie Tante Mariechen konnte sich diesen Tendenzen bisweilen nicht entziehen. So sprach sie ihrem geliebten Kölnisch Wasser, noch mehr der kleinen Flasche China-Öls, das sie gelegentlich mit einem Taschentuch auf die schweißnasse Stirn zu tupfen pflegte, geradezu wundersame Heilkräfte zu. Alles, was aus dem Westen kam, war phantastisch. Produkte der DDR wurden lächerlich gemacht und schwer verrissen. Ich mochte Onkel Männe nicht, weil er uns Kindern und den Angestellten gegenüber bisweilen grob auftrat. Außerdem erlaubte er mir nicht, hinter den Tresen zu gehen und für die Stammgäste Bier zu zapfen – was ich in Tante Mariechens Anwesenheit immer durfte. Später, als Onkel Männe noch stiller und dafür inkontinent wurde, über dem Stammtisch ständig eine urinerne Geruchsglocke hing, bekam ich eher Mitleid mit ihm, zapfte ihm – nunmehr mit seinem Plazet – als freundliche Geste bisweilen ein kleines Bier oder half ihm beim Zigarettenanzünden.

Meine Mutter versuchte, Erfurt und Tante Mariechen regelmäßig zu besuchen. Grund war mein (echter) Onkel Christian. Er war geistig behindert. Tante Mariechen hatte ihn bei sich aufgenommen. Er erledigte Botengänge und Einkäufe, die im Hotel täglich zu genüge anfielen. Ganz Erfurt schien ihn zu kennen – ob Bäcker, Fleischer oder *Gonnsumm*-Verkäufer. Wenn ich mit Onkel Christian durch Erfurts Straßen ging, stellte ich erstaunt fest, dass er andauernd freundlichst gegrüßt wurde. Seine Gegenwart konnte selbst bei Vopos menschlich-freundliche Züge herbeizaubern. Die Gartenstraße war eine Parallelstraße zum Juri-Gagarin-Ring (*„Juhrygoggorienrin"*) und zweigte von der Bahnhofstraße ab. Das war eine Hauptstraße Erfurts, die vom Bahnhof direkt in das Stadtzentrum führte. Praktisch alle Straßenbahnlinien verliefen durch die Bahnhofstraße. War der vordere Teil der Gartenstraße durch ein zurückgesetztes massives Backsteingebäude auf der linken Seite noch relativ offen, so verengte sie sich kurz vor dem Hotel. Gegenüber stand ein altes zweistöckiges Fachwerkhaus, in dem Hotelgehilfe Roland wohnte. Bis zur nächsten Ecke hatte die Gartenstraße nur noch triste, graue Fassaden von mehr oder weniger baufälligen Mietshäusern zu bieten.

Das Hotel selbst stand an der Ecke Keilhauergasse, einer kleinen, engen Schlucht mit grobem Kopfsteinpflaster, dass das Mittelalter überdauert zu haben schien, und einem schmalen Bürgersteig mit gefährlichen Löchern und Kanten. Das Verkehrsaufkommen war gering. Geräusche ließen sich so dem jeweiligen Fahrzeug zuordnen. Nur gelegentlich durchbrachen einzelne Trabis oder Wartburgs die fast unheimliche Stille, wenn sie das Kopfsteinpflaster malträtierten und zweitakt-prustend um die Ecke bogen. Wenn man sich auf die Zehenspitzen stellte, konnte man von der Keilhauergasse in die Gaststube des Hotels schauen. Irgendwie wirkte sie selbst durch nikotinfarbene Gardinen – besonders abends – aus diesem Blickwinkel lebendig, warm und anheimelnd.
Ein paar Meter weiter war die Keilhauergasse schon weniger anheimelnd. Eine hässliche, im Verfall befindliche Mauer trennte sie vom Hinterhof des Hotels. Garagenbuden standen in Reih und Glied. Der Hinterhof wirkte vernachlässigt wie eine fast aufgegebene Goldgräbersiedlung im Wilden Westen. Zur perfekten Illusion fehlten nur durch die Gasse rollende Dörrku-

geln. Der Boden zwischen Resten von Betonfundamenten war ein Gemisch aus grobem Split, Sand und zerbröselter Braunkohle, eingefasst und umwuchert von Beifuß und anderem Unkraut. Dazwischen lagen verstreut Reste von Mauersteinen und Dachziegeln. Unerwartet stieß man auf skurril verlegte Regenrinnen, deren Rohre irgendwo in der Wildnis endeten und bei Regen für die Bildung kleiner Seenlandschaften sorgten. Im Winkel zwischen Hotelküche, Seitenflügel und einem Holzzaun, hingen Wäscheleinen.

Einmal in der Woche war Waschtag. Meist hängte Tante Mariechen zusammen mit Christian oder Lotti die Wäsche auf. Lotti war ebenso kräftig wie herzlich und drückte mit ihren vielleicht 30 Jahren den Altersdurchschnitt des Hotelpersonals beträchtlich. Hinter dem Küchenfenster sah man dann bisweilen die grauhaarige Tante Lotte mit konzentriertem Blick Koteletts klopfen und zwischendurch ein Lächeln in den Hof schicken. Der erste Teil eines Waschtages spielte sich in den dunklen Keller-Katakomben des Hotels ab. Dort standen zwei riesige offene Bottich-Waschmaschinen vor putzlosen, ausgebleichten Mauern. Alles war feucht und klamm, dichter Dampf hing über der Szene. Tante Mariechen und Christian rührten zur Unterstützung des überfordert wirkenden elektrischen Mechanismus immer wieder mit Rundhölzern in der dampfenden, brodelnden Wäschelauge herum und fischten nach schweren, triefenden Wäscheknäueln. Irgendwann, dachte ich, wird einer der beiden an einem Stromschlag verenden, wenn sich die Feuchtigkeit bis in die Anschlüsse hineingefressen hat. Die Maschinen jedenfalls wirkten alles andere als zuverlässig. Die Wäsche wurde anschließend in große Körbe befördert. Wenn ein Korb voll war, nahm Tante Mariechen ein Ende der dampfenden Wäschewurst auf ein Rundholz und schob es zwischen die dicken hölzernen Rollen einer Mangel. Christian drehte dazu die Kurbel, die an einem großen Zahnrad hing, das gut für das Symbol einer Maschinenfabrik hätte herhalten können. Tante Mariechen sorgte dafür, dass der Wäschewurm nicht abriss. Er landete auf der anderen Seite der Mangel in einem weiteren Korb, während vorn das Wasser in Strömen von den Rollen auf den Boden floss. Ausgewaschen und ausgetreten wie der von Tausenden Touristen geschleifte Trampelpfad einer mittelalterlichen Burgruine war der Boden der Waschküche im Hotel Gaedke. Im Kontrast nebenan der dunkle Kohlenkeller, an der Außenmauer unter der Kohlenklappe fast bis zur Decke mit Bröckelkohle gefüllt. Ein Verschlag weiter war das Flaschenlager, das gelegentlich ausgeräumt wurde. Einmal hatte Roland den Auftrag, das Glas mit Hilfe eines altersschwachen Bollerwagens zur nächsten Sero-Annahmestelle zu transportieren. Ich half ihm. Das Pfandgeld sollten wir behalten dürfen. Nach der dritten Fuhre hatten wir die Taschen voll Alu. Ich hielt das immer für eine Art Spielgeld, weil die Münzen so leicht waren. Auf der Bahnhofstraße kam Roland die Idee, einige Spielgeldmünzen einem Härtetest zu unterziehen: Wir legten zuerst Zehn-Pfennig-Stücke auf die Schienen und ließen ein oder zwei Bahnen darüber rollen. Zunächst gab es ein Geräusch, als führe die Bahn über einen

Schienenstoß. Doch mit jeder Achse wurde das Geräusch leiser. Nach zwei Bahnen waren die Münzen platt und an den Rändern scharf wie Rasierklingen. Sie fühlten sich sogar warm an, und auf der Schiene zeigte sich ein deutlicher runder Abdruck mit einer Zehn in der Mitte. Ich legte sogar ein Markstück auf die Schienen und kam mir vor wie Krösus persönlich. Niemals hätte ich den Erfurter Straßenbahnen eine Mark Westgeld geopfert.

Zurück in der Gartenstraße, empfing uns ein halbes Dutzend Kinder aus Rolands Nachbarschaft, die gerade mit abgewetzten Halbschuhen einen verbeulten Ball durch die Straße kickten. Roland beorderte mich in den Bollerwagen und wies die anderen an, kräftig zu schieben. Während die Kinder das hölzerne Vehikel unter Grölen immer schneller in Bewegung setzten, thronte ich im Bollerwagen mit der Deichsel in der Hand wie ein ungarischer Puszta-Reiter mit galoppierenden Gäulen unter der Füßen. Mitten in die rasende Fahrt platzte ein Wartburg prustend um die nächste Ecke und hielt genau auf uns zu. Ich bekam Panik und riss die Deichsel herum, um im hohen Bogen über den Wagen zu fliegen und unsanft auf dem Pflaster zu landen. Glücklicherweise blieb ich unverletzt.

Eines Tages schleppte mich meine Mutter zu einem Umzug. Mit der Aussicht, eine Fackel tragen zu dürfen, hatte sie mir vorher den Mund wässrig gemacht. Ich dachte, es handelte sich um eine Art Lampionumzug. Es war ja Oktober. Wir mussten nicht weit laufen. Das Hotel noch in Sichtweite, baute sich eine un-übersichtliche Menschenschlange in der Bahnhofstraße auf. Die Straßenbahn hatte offensichtlich ihren Betrieb eingestellt, und auch auf dem *Juhrygoggorienrin* war das prustend-stinkernde Kreuzen von Trabis und Wartburgs unterbrochen. Viele junge Leute trugen Blauhemden und Halstücher, hielten rötliche Plakate und Transparente mit weißer Schrift.

Langsam setzte sich der Zug in Richtung Anger in Bewegung. Lieder wurden gesungen, die ich nicht kannte. Ich fühlte mich fremd und unwohl, da ich schnell merkte, dass es sich keinesfalls um einen kindlichen Laternenumzug handelte. Schließlich verriet mir ein Transparent den Anlass: „15 Jahre Deutsche Demokratische Republik". Was mache ich hier? Ich begehe Verrat. Gleich werden sie mich entdecken und mindestens mit lautem Spektakel rausschmeißen, wahrscheinlicher aber den Vopos ausliefern. Ich fing an zu weinen, um meine Mutter ohne große Worte davon zu überzeugen, den Zug zu verlassen. Meine Mutter wusste nicht so recht, was sie davon halten sollte. Aber wir bogen schnell und unauffällig in eine kleine Gasse ein und liefen zum Hotel zurück.

H einz' Leidenschaft war weniger seine Frau sondern eher das Werkeln. Helga mochte eine gute Seele sein, eine Schönheit war sie nicht. Dürr, grauhaarig, ständig qualmend, hatte sie typisch gilbliche Raucherfinger und wirkte älter als Heinz.

Heinz rauchte auch – ohne Filter. Er war untersetzt. Man könnte auch sagen, er war ein bisschen dick, bauarbeiterdick. Heinz hatte ein freundlich-rundliches Gesicht und war vom ganzen Wesen her eine Mischung aus Handwerker und Bauarbeiter, allerdings nicht vom Typ *„Baoorwaidor dr Haobdschdodd dr DäDäÄrr"*. Mit einer solchen Funktion – Tücher- oder Plakate schwenkend, aus Marschkolonnen auf Tribünen hinauf grüßend, Heimat und Sozialismus bewaffnet verteidigend – hätte er sich wohl nie identifizieren können. Er verkörperte das, was ich mir unter einem politisch neutralen Bauarbeiter vorstellte – immer im weißen Feinripp-Unterhemd, immer mit einer Lulle im Mundwinkel, immer an irgend etwas bastelnd, dabei verschmitzt lächelnd, als wüsste er schon genau, dass am Ende seiner Bastelei das gewünschte Ergebnis herauskommen würde.

Genau dieses Bauarbeiter-Selbstbewusstsein strahlte er aus, frei nach dem Motto: *„Gibb's n Problem? Zeich her!"* Heinz gehörte zum phänomenalen Typ von Menschen, die selbst unter großer Anstrengung, etwa wenn sie Mauersteine schleppten oder vor Zementsäcken überquillende Schubkarren eine Böschung hinauf wuchteten, lässig wirkten. Sein Lieblingsspruch hieß „Da träumt der Führer von". Was aber nicht bedeutete, dass Heinz selbst vom Führer träumte. Sein Reich waren Baumärkte, praktische Tipps und sein holländisches Stahl-Motorkajütboot, an dem er in jeder freien Minute arbeitete, während seine Frau für Nahrung, Kaffee und Kuchen sorgte. Heinz zeichnete sich durch eine gewisse Bauernschläue aus. Er wusste immer, wo es gerade etwas besonders günstig gab. Er war ständig auf Schnäppchenjagd, besorgte hier eine Fuhre Mauersteine, organisierte dort eine Ladung Bauholz oder ein paar Sack Zement. Insofern gab es doch eine gewisse Verwandtschaft zu den Schicksalsgenossen von der anderen Seite der Mauer. Jene mussten es im Organisieren zu wahrer Meisterschaft bringen, damit die Arbeit überhaupt voranging. Für Heinz war es eher ein Spiel, eine Herausforderung, ein Wettkampf und eine Möglichkeit, seinen Ruhm bei seinen Auftraggebern zu mehren: Heinz war einfach nur Zauberkünstler im Organisieren. Seine Tricks und Verbindungen durchschaute niemand. Und wahrscheinlich wollte auch niemand genaueres wissen. Wenn es Heinz doch mal misslang, ein Schnäppchen an Land zu ziehen, konnte er ja immer noch in einen Baumarkt gehen. Vorausgesetzt natürlich, der Käpt'n rückte Kohle raus.

Der Käpt'n war „Heinz sein" Chef. Der Käpt'n war ein quallenartiger Mittdreißiger, der im Hauptberuf einen Zollkreuzer über die Oberhavel steuerte, um hoheitsrechtlich – je nach Betrachtungsweise - für Deutschland, die „BäErrDäh" oder die „Selbstständige Politische Einheit Westberlin" Flagge zu zeigen und gelegentlich einem polnischen Skipper seine geschmuggelten Schnapsflaschen oder Zigarettenstangen abzunehmen. Daneben beschäftigte sich der Käpt'n noch mit einer eigenen Segelschule und einem weitläufigen Areal an der Oberhavel, das er vom Bezirksamt gepachtet hatte. Es handelte sich um ein ehemals blühendes Ausflugslokal mit Blick aufs Wasser und einer Steganlage. Als der Käpt'n das Gelände übernahm, ähnelte es dem ostischen Budenwesen. Der sogenannte Schulungsraum, in dem der Putz an den Wänden bröckelte und man möglichst nicht zu fest auftreten sollte, um nicht mit den Dielen durchzubrechen, war mit ein paar alten wackligen Stühlen und einer Kiste voll Schwimmwesten möbliert. Dann gab es noch ein Knotenbrett mit Palstek, Schotstek, Webleinstek und anderem seemännischen Geflecht als Anschauungsmaterial sowie eine ziemlich zerkratzte, ausgeblichene Schultafel, die vom Lehrpersonal gelegentlich zum Anzeichnen von Segelmanövern genutzt wurde, wenn gerade mal Kreide zur Hand war. Altersschwache Leuchtstofflampen spendeten schummriges, bisweilen flackerndes Licht, wenn durch das eine, teilweise gesprungene und den Dreck von Jahrzehnten fast blinde Fenster nicht mehr genügend natürliches Licht drang. Eine Heizung gab es nicht.

Eine dünne Wand und eine Tür, die man wegen provisorisch verlegter Stromkabel nicht schließen konnte, trennte den Schulungsraum von einer kleinen Bootshalle, deren Dach leckte. Dort lagerten einige altersschwache Segeljollen, Segelsäcke, Tauwerk, Anker aller Größen, funktionierende und defekte Bootsmotoren und alles, was sich sonst so über Jahrzehnte beim Betrieb von Bootshaus und benachbarter Autofähre angesammelt hatte in einem Chaos – der Käpt'n nannte es Wuling. Gelegentlich versuchte er, seine Vertrautheit mit der Waterkant Schülern und Mitarbeitern gegenüber mit ein paar Brocken Plattdeutsch zu untermauern, die er wohl bei einem Zoll-schipper-Fortbildungskursus in Cuxhaven aufge-schnappt haben mochte. Die Schüler der Frühjahrs-kurse taten gut daran, neben dem Ölzeug auch war-me Unterkleidung nicht zu vergessen. Der Käpt'n als Eigentümer des Unternehmens hatte nicht nur das große Ganze im Auge sondern verwaltete auch die Materialausgabe bis hin zu Kieshaufen, Mauersteinen, Bändseln und Schäkeln. Insofern war er der natürliche Ansprechpartner von Heinz. Denn Heinz war Vorar-beiter und Hausmeister in einem – für die Segelschule und das weitläufige, einst blühende Gaststättengelän-de. Als Gegenleistung für einen günstigen Liegeplatz.

Oft hatte Heinz Helmut in seinem Schlepptau. Ir-gendwie passten die beiden zusammen wie Dick und Doof oder Pat & Paterchon. Während bei Heinz auf den ersten Blick der Kugelbauch auffiel, auch Braue-reigeschwür genannt, schien Helmut etwa genauso alt aber doppelt so groß zu sein. Dabei war er in Wirklichkeit nur einen Kopf größer. Für zusätzliche „scheinbare" Größe sorgten seine Dürrheit und das in lockeren, rötlich schimmernden Locken, meist zu Berge stehende Haar. Helmut stotterte leicht, hatte kein Motorboot wie sein Busenfreund Heinz. Er war einfach nur da und erwartete Anweisungen von Heinz. Insofern gehörte Helmut bald zum erweiterten Personalstab des Käpt'n. Wenn der Käpt'n Order ausgab, machte er das nie gegenüber Helmut persön-lich sondern immer über Heinz. Denn Helmut hörte ausschließlich auf Heinz.

Zu den ersten Aufgaben von Heinz nach Übernahme des Geländes durch den Käpt'n gehörte der Bau einer Betonrampe vor der Bootshalle, damit die Schüler die steinschweren Boote nicht mehr schleppen mussten sondern auf kleinen Bootswagen bewegen konnten. Dabei machte auch ich meine ersten Bauarbeiter-Erfahrungen, denn ich durfte Heinz bei sengender Sommersonne zur Hand gehen, während mein Freund Ajit sich als Nachwuchs-Segellehrer auf dem Wasser die Eier schaukelte. Auch Helmut schloss sich der Bauarbeiterbrigade an. Er musste Zementsäcke und alles andere Schwergewichtige schleppen. Ich durfte – nach entsprechender Einweisung durch Heinz – den Mischer befüllen. Heinz selbst verarbeitete die Pampe im Stile eines Künstlers. An einem heißen Julinachmittag strich er sichtbar liebevoll das letzte Stück Rampenfläche glatt, baute sich auf eine Schippe gestützt mit stolz geschwelltem Feinripp vor uns auf, ließ sich von mir noch ein Schultheiss reichen, das er an einer Mauerkante mit einem trockenen Schlag zischend von seinem Kronkorken befreite, und erklärte mit ausholender Geste und einem triumphierenden Lächeln, als hätte er gerade nach Speers Originalplänen das Nürnberger Reichsparteitagsgelände fertiggestellt: „Da träumt der Führer von." Nach fünf Minuten Weihe und stiller Besinnung, unterbrochen durch gelegentliches Absetzen der Bierflasche, wurde Heinz schon wieder rappelig und zimmerte noch ein Geländer, um den restlichen Teil der Stufe neben der Rampe zu sichern. Stolz präsentierte er schließlich dem Käpt'n sein Werk – da konnte der Führer gar nicht anders, als von zu träumen. Während aber die eigentliche Rampe solide wirkte und ihre Funktion voll erfüllte, sah das Geländer daneben etwas provisorisch aus. Besser, man lehnte sich nicht kräftig dagegen und fasste es an, um sich am groben Bauholz nicht auch noch einen Splitter einzureißen.

Als nächstes kam die „Hacienda" an die Reihe, ein Projekt, das dem um Reputation und Repräsentation bedachten Käpt'n sehr am Herzen lag. Die „Hacienda" war eine Art Innenhof, von einigen morschen Obstbäumen bestanden, noch stärker zugemüllt als die Bootshalle mit alten Booten, Tauwerk, Planen, Brettern, Fässern und Metallschrott zwischen mannshohem Unkraut. In der Mitte ragte der mit einem schweren Betondeckel geschlossene Schacht der Sickergrube etwa einen Meter aus dem Boden. Der Hof wurde auf der einen Seite von den rückwärtigen Mauern des Schulungsraums und des Klohäuschens, auf den anderen Seiten von einer einst möglicherweise ansehnlichen Ziegelmauer gebildet. Dieser rückwärtige Teil des Geländes erinnerte mich – noch mehr als die Vorderfront – an Erfurt und die DDR mit ihrem Trabi- und Schwefelkohlegrau, an die hässlichen Brandmauern mit ihren offenen Wunden, an das allgegenwärtige Budenwesen, an hingerotzte Unzuständigkeit, lieblose Verantwortungslosigkeit, geistlose Unordnung und ekelerregenden Dreck. Mochte sich „dr Schdoodsroodsvorrsüdsendö" für alles zuständig fühlen und seine Vopos schicken: Er schickte sie nicht zum Abstützen an die zusammensackenden Brandmauern. Er schickte sie nicht zum

Kohleschaufeln an die Kellerklappen. Er schickte sie nicht zur schnelleren Warenausgabe an die Schlangen vor den Geschäften und auch nicht in die Produktion von Trabi und Wartburg.

Aber jetzt schickte der Käpt'n Heinz an die bröckelnde Front, um ein vermülltes Chaos in eine spanische „Hacienda" zu verwandeln – das Wort allein assoziierte romantisches Kastagnettengeklapper unter heißer Sonne. Möge jener Ort inskünftig legendär-rauschenden Festen des Spandauer Wassersport-Adels Heimstatt gewähren. Wo Heinz den Führer träumen ließ, durfte auch die Standardlosung des Käpt'n nicht fehlen: „Da gehen wir ganz fix bei" – Motivation für alle *„Wärgdädschn"* an der Wasserfront. Was der soundsovielte Parteitag beschloss ... Was der Führer erträumte ... Wird sein! Baut auf, baut auf, baut auf, baut auf – freie Spandauer Wassersportler, baut auf! Die Hacienda muss ein Hort der Freude sein. Und Ort der Begegnung. Der Freundschaft. Des Genitivs. Für eine bessere *Zuuuuukunft.* bauen wir hier nicht den Sozialismus sondern eine Heimstadt für den Spandauer Wochenend-Wassersport-Biedermann - aber ohne Brandstifter - auf. Ob hochnäsiger Segler oder ordinär-rülpsender Motorboot-Wichser: am Tresen sind alle gleich. So, von Käpt'n'schen Geist, wächst, von Heinz geschweißt …

Der Plan im nichtsozialistischen Wettbewerb sah vor: Heinz organisiert Zement und Bauholz. Und der Käpt'n, sonst beflissen jeden Schäkel nachzählend, gab sich ungewohnt spendabel.

Bei spanischem Wetter fand abends die Eröffnungsgala statt. Heinz erschien diesmal nicht im Feinripp, dafür mit frisch zurechtgemachter Ehefrau. Dazu Helmuts wundersame Wandlung mittels eines weißen Dinnerjackets. Er postierte sich hinter einem hochbeinigen Keyboard, das per Kabelrolle mit der nächst gelegenen Steckdose im Klohäuschen – Schuljargon laut Käpt'n: „Sanitärtrakt" - verbunden war. Ich war etwas überrascht, Helmuts Finger elegant über ein Tasteninstrument gleiten zu sehen. Warum nur wurde ich das Bild von Helmut in seiner zementstaubigen Schlabberhose nicht los? Einlass war ausnahmsweise am Gartentor (man hätte sonst durch das Toilettengebäude flanieren müssen). Der weibliche Fan-Club des Käpt'n trug bunte Sommerkleider, zum Teil gehörig unter Spannung stehend, da einer aus schlankeren Zeiten überdauerten Kollektion entstammend. Bunte Lampionketten hingen an aus Bauholzresten provisorisch installierten Haltestangen. Die noch vor kurzem schäbige Gartenmauer erstrahlte in weißem Rauputz wie eine frisch eröffnete Pizzeria. Die Sickergrube erwies sich als hervorragende Dekorationsbasis für eine Brunnenanlage nach mexikanischem Gusto. An diesem Abend war sie erstaunlicherweise sogar geruchsdicht. Hatte Heinz vielleicht mit Rexona gearbeitet? Auch Klappfenster und Tür des Toilettentrakts waren weitestgehend geschlossen. Helmut gab Melodien aus der deutschen und internationalen Schlagerwelt zum Besten, die sich so schwabbelig über den Äther verbreiteten, als hätte jede Note zuvor die Hängebacken des Käpt'n gestreichelt.

Mit fortschreitendem Abend mischten sich rustikale Gesangseinlagen der Gäste darunter. Vom angegliederten Motorbootverein hatten sich auch einige Paare eingefunden – sämtlich im Defilee persönlich vom Käpt'n herzlichst begrüßt, und sorgten für Bewegung auf der mit Gehwegplatten eigens ausgelegten Tanzfläche. Bald bildete sich rund um das Campinggestühl in einer Ecke des Hofes eine Kerntrinkergruppe bei Schultheiss, Kindl, Doppelkorn und Baileys.

Irgendwann, die Nacht war noch nicht hereingebrochen, wurde Ajit aufgefordert, das Schulmotorboot „Geier" zu starten und eine ganze Delegation pilgerte launig-laut zum Bootssteg. Bei schließlich knappem Freibord mussten einige am Ufer zurück bleiben. Ajit legte den Gashebel nach vorn, und das Boot schoss ins Fahrwasser. Vorbei am Zollsteg, weitete sich die Havel hinter dem Kraftwerk zu einer scheinbar endlosen Fläche, die im Widerschein des kitschig-rotem Abendhimmels wie vergossene Lava schimmerte. Das als Kieferngarten, unterbrochen nur von wenigen mächtigen Laubbaumkronen, sanft ansteigende Ostufer wich zurück und begann konturlos zu dunkeln. Das rasenmäherartige Sägen des Außenborders bildete eine akustische Wand vor scheinbar irrealer Kulisse. Hinter uns verwandelte sich die reglose Schmelze in quirligen Sprudel, flankiert von zwei steilen grauen, mit Weiß durchsetzten Bändern, die immer weiter auseinander strebten und am Horizont auf die weit entfernten Ufer zu zielen schienen. Ajit legte das Boot sanft in die Kurve, weibliche Fahrgäste begannen lüstern zu kreischen. Eine weiße Boje raste steuerbords vorbei. Rechts wurden immer mehr kleine Lichter am Ufer sichtbar, während links dichter Uferbewuchs eine graue Vormauer vor einem grellen Lichtband zu bilden schien. Die zweite Boje glitt rechts an uns vorbei, die dritte. In der Ferne schob sich etwas Undefinierbares in die Kurslinie. Plötzlich zuckte ein blendendes Licht vor uns auf, kurz darauf auch hinter uns. Das Undefinierbare verwandelte sich urplötzlich in tarngraue Schnellboote der Vopos, die mit rasender Geschwindigkeit auf uns zuzusteuern schienen. Aus den noch immer rund um den Scheinwerfer unscharfen Umrissen des Boote vor uns schälte sich nun eine uniformierte Gestalt heraus, die eine Schnellfeuerwaffe hielt. Ajit hatte die Gefahr erkannt und das Steuerrad nach rechts gerissen. Das Boot bockte, reckte seine linke Flanke steil nach oben, drohte zu kippen, Wasser schwappte über Bord, Lustschreie mutierten zu Panik, krampfhaft suchten die Fahrgäste Halt. Mit mächtiger weißer Bugwelle schloss das Schnellboot auf, die Gewehrmündung zeigte auf uns, als der „Geier" die aus weißen Bojen bestehende *Schdoodsgränse* passierte.

Franz Kugler
Geschichte Friedrichs
des Großen

*Zum 300. Geburtstag
des Preußenkönigs*

Franz Kugler

„Geschichte Friedrichs des Großen"

Zum 300. Geburtstag König Friedrichs II. von Preußen im Jahre 2012 hat der Hamburger Journalist und Autor Michael Hertel Franz Kuglers berühmte Biografie (Erstausgabe von 1840) in einer zeitgemäßen Form neu herausgegeben. Dabei wurde besonderer Wert auf die Erhaltung der originalen Diktion bei gleichzeitiger moderner Orthografie und einem gut lesbaren Schriftbild gelegt. Der Herausgeber: „Ich habe volles Verständnis für Bücherfreunde, die sich das mühsame Entziffern von alter Frakturschrift heute nicht mehr antun wollen, auch wenn sie sich für historisch bedeutende Texte interessieren. Gerade für solche Leser ist diese Edition gedacht."

In Buchhandel und Internet

Der **Kasinoturm** Aufkleber

Für Frohnauer, Frohnau-Fans und alle Turm-
besteiger... Zeigen Sie Ihre Sympathie für das
Frohnauer Wahrzeichen und helfen Sie, es zu
erhalten.   Den farbigen Kasinoturm-Aufkleber
gibt es im Internet unter www.mhv-buecher.de.

* Eingetragen in das Designregister des Deutschen
Patent- und Markenamts unter Az. 40 2014 200 884.5